이 책을 소중한 당신에게 드립니다.

_____ 님께

_____ 드림

나를
일으켜 세운
한마디

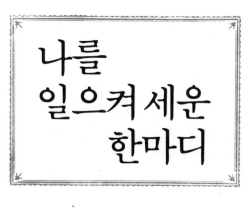

나를
일으켜 세운
한마디

One Minute Famous Sayings

이종호 지음

for
book

'후회하기 싫으면 그렇게 살지 말고, 그렇게 살 거면 후회하지 마라.' '인생은 곱셈이다. 어떤 기회가 와도 내가 제로라면 아무런 의미가 없다.' '사랑하는 것은 용기지만 사랑받는 것은 능력이다.' '꿈에 눈이 멀어라. 시시한 현실 따위는 보이지 않게.'

인터넷엔 이런 멋진 말들이 무수히 떠돌아다닙니다. 신문을 보다가, 혹은 책을 읽다가도 무릎을 치게 만드는 구절들을 만납니다. 누군가 툭 던지는 한마디에서도, 설교나 설법, 강연, 강좌를 들으면서도 오래 오래 귓전을 맴도는 한마디를 건질 때가 있습니다.

이 책에 실린 200개의 명언들은 모두 그렇게 골라낸 것들입니다. 그리고 지난 1년여 동안 매일 아침 하나씩 신문 지면을 통해 독자들에게 전했습니다. 짧은 코너였지만 어떤 기사보다 많은 분들이 읽어 주고 성원해 주었습니다. 나를 다그치는 채찍이 되었노라고, 시들어 있던 촉수를 다시 일으켜 세우는 소낙비가 되었노라고 이구동성으로 공감해 주었습니다.

하지만 처음 명언을 대면했던 순간의 전율과 탄성, 다짐과

각오를 신문에선 모두 전하지 못한 아쉬움이 있었습니다. 해서, 당시의 메모장을 꺼내 끼적여 놓았던 생각들을 다시 정리해 보았습니다. 명언의 주인공이 궁금하다는 분들이 많아 그들에 대한 간단한 소개도 덧붙였습니다.

그냥 흘려버리기엔 아깝다 싶은 생각들이라 여겼지만 책을 마무리하면서 다시 보니 얕은 식견, 짧은 소견만 드러낸 것 같아 부끄러움이 앞섭니다. 하지만 글을 모으고, 쓰고, 다듬던 과정들이 저에게는 또 다른 공부였고 소중한 경험이었다는 것에 용기를 얻어 쑥스러움을 무릅쓰고 이 책을 세상에 내놓습니다.

모쪼록 이 책에 담긴 명언들이 넘지 못할 산이 가로막고 있다고 느껴질 때, 건너지 못할 물을 만나 막막해질 때, 그런 누군가에게 조그만 힘이라도 되었으면 좋겠습니다. 아울러 이웃과 더불어 행복하기를 소망하는 모든 이들에게 작은 격려라도 될 수 있기를 소망합니다. 감사합니다.

2013. 5. 1
지은이 이종호

C O N T E N T S

마음 mind

생각 *thought*

배움 *learning*

시간 time

지혜 *wisdom*

용기 *courage*

행동 _action_

관계 *relationship*

성공 success

사랑
love

사랑받고 싶거나
행복을 느끼고 싶다면

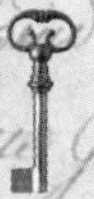

사랑은 두 사람이 마주 쳐다보는 것이 아니라
함께 같은 방향을 바라보는 것이다.

– 생텍쥐페리

사랑이 머리에서 가슴으로 내려오는데
70년이 걸렸다.

− 김수환

1분 생각 | **진짜 사랑**

사랑은 머리로 하는 게 아니다. 입으로 하는 것은 더욱 아니다. 이해, 관용, 포용, 동화, 자기 낮춤 따위가 선행되지 않은 사랑은 향기가 없다. 머리가 아닌 가슴으로 하는 사랑이 진짜 사랑이라는 것, 누구나 다 안다. 하지만 김수환 추기경이 이렇게 고백했다는 것이 중요하다. 수많은 사람의 정의를 들어봤지만, 이 말만큼 구체적으로 마음에 와 닿는 것은 없었다. 평생 성직자의 길을 걸었던 그였지만 그래도 부족했었다는 이 말이야말로 하느님을, 그리고 사람을 진정 사랑하고자 했던 양심의 고백이었다.

● ● ● 　김수환(金壽煥, 1922~2009) | 천주교 추기경. 세례명은 '스테파노'. 6 · 25전쟁 중이던 1951년 사제 서품을 받았다. 종교와 세상의 소통을 추구했던 그는 1969년 한국 최초이자 세계 최연소 추기경이 된 뒤에도 가난하고 핍박받는 사람들을 위해 끊임없이 헌신했다. 유신 시대에 독재자에 대한 비판을 서슴지 않았고, 5 · 18 광주항쟁의 실상도 교황청과 세계에 알렸다. 1980년대 후반 민주화 시위를 벌이다 명동성당에 피신한 학생들을 체포하러 온 관계자들에게 "나와 신부, 수녀들을 모두 밟고 지나가야 학생들을 데려갈 수 있다."라고 말한 일화는 유명하다.

자세히 봐야 예쁘다. 오래 봐야 사랑스럽다.
너도 그렇다.

– 나태주

1분 생각 | **보고 또 보는 것**

아무리 못생긴 추남 추녀라도 짝을 만나 장가들고 시집가서 잘만 산다. 왜일까? 그 답이 여기에 있다. 보고 또 보는 것, 자세히 보고 오래 보는 것, 바로 이것이다. 나태주 시인의 「풀꽃」이라는 제목의 시다. 단 세 줄의 글이지만 평범한 사람, 내세울 것 없는 사람들에게 이만큼 위안이 되는 시구가 또 있을까 싶다.

본질적인 아름다움을 놓치고 사는 우리에게 이 시만큼 따끔한 충고가 또 있을까? 그럼에도 첫눈에 보아 예쁜 것, 대충 봐도 사랑스러운 것에 대한 부러움은 어쩔 수가 없다. 이 바쁜 시대에 언제 그렇게 자세히 보고, 언제 그렇게 오래 보고 있을 수 있단 말인가.

● ● ● 나태주(1945~) | 시인. 충남 출생. 공주사범대를 나와 초등학교 교사로 재직하였으며, 퇴임 후 공주문화원장으로 근무하고 있다. 1971년 서울신문 신춘문예에 「대숲 아래서」가 당선되면서 등단했다. 전통적 서정성을 바탕으로 자연과 인간에 대한 따뜻한 시선을 드러낸 시풍이 특징이다.

사랑하는 사람을 만들지도 말고, 미워하는 사람도
만들지 마라. 사랑하는 사람은 못 만나서 괴롭고, 미워
하는 사람은 만나서 괴롭다.

－『법구경』

1분 생각 | **사랑과 미움**

세상일이 다 그렇다. 보고 싶은 사람은 못 봐서 괴롭고, 보
기 싫은 사람은 죽자고 보이니 또 괴롭다. 불꽃같은 사랑을 불
태우는 사람들에게는 미안한 말이지만, 좋고 싫고 마음에 경
계를 두지 않는 것이 상책이다. 무덤덤하게. 무감각하게. 무신
경하게.

하지만 사랑이 어디 내 맘대로 되는 것인가. 나도 몰래 어느
순간 쑤욱 내 맘에 들어서는 그 사랑을 어느 누가, 무슨 재주
로 막아낸단 말인가.

• • •   『법구경(法句經)』| 원시 불교 경전. 인도 승려 법구가 석가 열반 후 300년 쯤 당시 존
재하던 여러 경론 중에서 시구의 형식으로 된 석가의 가르침을 채록하여 편찬했다. 후대의 대
승경전에서도 그 유례를 찾기 힘들 정도로 명쾌한 구성과 해학이 섞인 법문으로 진리의 세계를
설파하고 있다. 저자 법구는 『법구경』 편찬자라는 사실 이외의 자세한 문헌적 기록은 남아 있지
않다.

개는 당신보다 더 당신을 사랑하는
지구상의 유일한 존재다.

A dog is the only thing on earth that loves
you more than you love yourself.

– 빌링스

1분 생각 | **차별하지 않는 사랑**

　로스앤젤레스 거리에서 개를 데리고 다니는 노숙자를 본
적이 있다. 쇼핑카트에 너저분한 짐을 잔뜩 싣고 따가운 햇볕
아래서 구걸하는 초라한 행색의 그 남자. 그런 주인 옆에서도
꼬리를 흔들며 묵묵히 자리를 지키던 그 개는 차라리 숭고해
보이기까지 했다. 개를 키워 본 사람은 안다. 무조건적인 애정
과 충성은 주인의 지위나 행색, 재력이나 성격을 가리지 않는
다는 것을. 그런 개를 우리는 너무 얕잡아 본다. 온갖 험한 욕
은 다 갖다 붙인다. 안될 말이다. 개만도 못한 사람들이 오죽
이나 많은가.

● ● ●　빌링스(Josh Billings, 1818~1885) | 미국 작가. 본명은 헨리 휠러 쇼(Henry Wheeler
Shaw). '조시 빌링스'는 필명이다. 해학과 지혜가 담긴 명언을 많이 남겼다. '인생이란 좋은 카드
패를 쥐는 것이 아니라 가진 패로 게임을 잘 해야 하는 것이다', '넘어지는 것은 수치가 아니다,
하지만 넘어진 자리에 누워서 불평하는 것은 수치다', '사람들의 문제는 모른다는 게 아니라 사
실과 다른 것을 너무 많이 알고 있다는 데 있다' 등도 그가 남긴 말이다.

사랑은 두 사람이 마주 쳐다보는 것이 아니라
함께 같은 방향을 바라보는 것이다.

– 생텍쥐페리

1분 생각 | 마주 보는 사랑

사랑은 관계다. 뗄 수 없는 끈으로 한데 묶이는 것이다. 나의 아픔을 자신의 아픔으로 느끼는 누군가가 있고, 마찬가지로 내가 아파해 줄 누군가가 있을 때 비로소 사랑은 싹이 튼다. 내가 아름다운 것은 나를 아름답게 생각하는 누군가가 있기 때문이다. 내가 소중한 것은 내가 소중하게 생각하는 누군가가 있기 때문이다. 그런 것이 사랑이다.

사랑하면 마주 보고 싶어진다. 맞대고 싶어진다. 눈도 입도, 가슴도 배도. 그러나 마주 보는 사랑은 아무리 뜨거워도 6개월을 넘기기 힘들다. 그래서 진정한 사랑은 마주 보는 사랑이 아니라 먼 곳을 함께 보면서 같이 손잡고 걸어가는 사랑이다.

● ● ● 생텍쥐페리(Saint-Exupéry, 1900~1944) | 프랑스 소설가. 세계적인 베스트셀러 『어린 왕자』의 저자. 북서 아프리카, 남대서양, 남아메리카 항공로의 개척자이며, 야간 비행의 선구자 중 한 사람이다. 1940년 프랑스 북부가 나치 독일에 점령되자 미국으로 망명했다가 1943년부터 다시 프랑스 공군 조종사로 활동했다. 1944년에 마지막 비행을 나갔다가 실종됐다. 1990년에 그의 유품으로 추정되는 비행기 부품이 발견되었다.

사람에겐 숨길 수 없는 게 세 가지 있는데,
그건 기침과 가난 그리고 사랑이래요.

– 영화 「시월애」 중에서

1분 생각 | **감출 수 없는 것들**

사랑은 가두어 둘 수 없다. 진정한 사랑은 저수지의 물이 아
니라 사시사철 넘쳐흐르는 샘물이다. 사랑은 감출 수도 없다.
그저 바라만 보고 있어도, 그저 속만 태우고 있어도, 아무리
마음에 담아만 두려고 해도 눈빛으로 새어 나가고, 몸짓으로
새어 나가고, 마음으로 새어 나간다. 이런 사랑을 기침과 가난
에 비유한 작가의 상상력이 놀랍다. 지독한 사랑, 지독한 기
침, 지독한 가난의 눈물겨움을 한 번이라도 직접 체험해 보지
않고서는 절대로 할 수 없는 말이다.

● ● ●　「시월애(時越愛)」 | 2000년에 개봉된 이현승 감독의 멜로 영화. 이정재, 전지현이 주연
으로 나왔다. '시월애'란 시간을 초월한 사랑이란 뜻이다. 2년의 시간 차이를 초월해 사랑을 이
룬다는 내용으로, 시간의 왜곡과 이중 이미지를 사용하여 한국 멜로 영화의 지평을 넓혔다는 평
가를 받았다. 비현실적인 내용이 황당하다는 악평도 있었지만, 서정적인 풍광과 감미로운 대사
로 큰 호평을 받았다.

돈이 전부가 아니라고 말하는 사람은
아무것도 얻지 못한다.

– 위르겐 휠러

1분 생각 | **누가 돈의 노예인가**

돈으로 행복을 살 수는 없다고 한다. 돈이 많다고 다 행복한
것도 아니라고 한다. 맞는 말이다. 하지만 돈이 아닌 다른 무
엇으로는 행복을 살 수 있을까? 또 돈이 없으면 행복할까?

빌 게이츠, 워렌 버핏, 이건희, 마크 저커버그 같은 세계적
갑부들은 돈이 너무 많아 불행할까? 아닐 것이다. 오히려 돈
이 없어 하고 싶은 일을 못하고, 먹고 싶은 것을 못 먹고, 가고
싶은 곳을 못 간다면 그게 더 불행한 일이 아닐까?

돈을 쌓아놓고 제대로 쓸 줄 모르는 부자도 돈의 노예지만,
돈이 없어 날마다 돈 걱정을 하며 사는 사람도 돈의 노예이긴
마찬가지다. '돈이 인생의 전부가 아니야!'라는 말은 돈을 제
대로 가져보지 못한 사람의 말일 뿐이다.

● ● ●   위르겐 휠러(Jurgen Holler) | 독일 작가. 저명한 동기 부여 트레이너. 1989년 동기 부
여 전문 컨설팅업체 '인라인(Inline)' 사를 세워 맥도널드 · IBM · 컴팩 · 랜캐스터 · 도이치텔레콤
등과 같은 일류 기업의 직원 교육을 담당하고 있다. 『휠러 씨는 20대에 모든 것을 이뤘다』, 『성
공의 비법』 등의 저서가 있다. 그의 또 다른 명언 하나 더. '이제까지 해 온 그대로 한다면, 이
제까지 살아 온 그대로 살아갈 것이다.'

동물이 행복하지 않은 나라에서는
사람도 행복할 수 없다.

– 이효리

| **동물 식구**

멍이(강아지)를 좋아하고 냥이(고양이)를 예뻐하는 사람이라면
누구나 공감할 말이다.

언제부턴가 한국도 애완동물을 '반려동물'이라 부르기 시작
했다. 장난감처럼, 노리개처럼 가지고 노는 것이 아니라 가족
처럼, 식구처럼 더불어 살겠다는 의미일 것이다. 하지만 키우
다 싫증나면, 돌보다 귀찮아지면 그냥 버리고 마는 사람들이
너무나 많다. 유기 동물 보호소에는 입양을 기다리는 개와 고
양이가 그렇게나 많다고 한다.

이효리는 또 말한다. "끝까지 책임지지 못할 거면 키우지를
마세요."

● ● ●   이효리(1979~) | 가수. 국민대 연극영화과를 졸업했으며, 경희대 언론정보 대학원에
서 공부했다. 1990년대를 풍미했던 걸 그룹 핑클의 리더였으며, 2000년대엔 솔로 가수로, 만
능 엔터테이너로 활동했다. 2010년 이후 자원봉사 및 유기 동물 보호운동 등의 사회 활동에 매
진하고 있다.

결혼의 성공은 적당한 짝을 찾는 데 있지 않고
적당한 짝이 되는 데 있다.

– 앙드레 모루아

1분 생각 | 행복한 결혼

행복한 결혼의 조건? 돈, 사랑, 지위, 건강 등 여러 가지가
있겠다. 하지만 뭐니 뭐니 해도 서로 '죽이 맞는' 사람이어야
한다. 어떻게? 내가 상대에게 맞추면 된다. 쉽지는 않다. 하지
만 못할 것도 없다. 사랑한다면. 사랑하지 않더라도 이왕 결혼
했다면.

사랑하니까 잘 해주는 것은 누구나 할 수 있다. 그렇지만 잘
해주다 보면 없던 사랑도 다시 생긴다는 것을 아는 사람은 많
지 않다. '비가 새는 판잣집도 고운 님 함께라면 즐거웁지 않
더냐'라는 대중가요도 있다. 행복한 결혼이란 바로 이런 마음
가짐에 달린 것이 아닐까.

• • •　앙드레 모루아(André Maurois, 1885~1967) | 프랑스 작가 겸 역사가. 소설, 에세
이, 동화뿐만 아니라 전기 작가, 역사서의 저자로도 명성이 높다. 소설 「브랑블 대령의 침묵」으
로 작가 생활을 시작했으며, 섬세한 연애 심리 묘사로 문명을 떨친 「사랑의 풍토」 등을 잇달아
발표하고, 「바이런」, 「투르게네프」 등 전기 작가로서도 독보적인 경지를 개척했다. 「프랑스사」,
「영국사」, 「미국사」 등 역사학 분야에서도 뛰어난 명저를 남겼다.

행복의 비결은 포기해야 할 것은 포기하는 것이다.

– 앤드류 카네기

버리면 얻는다. 비우면 채워진다. 내려놓을 때 높아진다. 세상은 의외로 이런 역설로 가득 차 있다. 성공도 그렇고, 명예도 그렇다. 중요한 게임을 앞둔 운동선수라면 술과 담배, 여자를 포기해야 한다. 수험생이라면 달콤한 잠의 유혹을 이겨내야 한다. 행복 또한 마찬가지다. 자꾸 버려야 한다. 욕심과 아집을 버리고 안분지족할 때 행복도 내 것이 된다. 세상은 포기하지 말라고 가르친다. 하지만 때론 포기해야 할 것을 제 때 포기하는 것이 용기요 지혜다.

● ● ●   앤드류 카네기(Andrew Carnegie, 1835~1919) | 미국 기업인. 사회사업가. 별명은 강철왕. 악덕자본가에서 자선사업가로 변신한 대표적인 예로 꼽힌다. 스코틀랜드 출생. 1848년 산업혁명 때 도미하여 미국 강철의 4분의 1을 생산하는 대회사를 일궜다. 그의 많은 재산은 학문, 교육, 평화 기금으로 사용되었고, 뉴욕 카네기홀을 비롯해 과학연구소, 교육진흥기금 및 2,800여 개의 도서관 등 공공사업에 출자되었다. 그의 묘비명 또한 많은 것을 시사해준다. "자기 자신보다 더 우수한 사람을 어떻게 다루어야 하는지 알았던 사람, 여기 누워 있다."

사랑해라. 시간이 없다.

— 이병률

그 사람의 사랑법

『끌림』이란 책에서 본 구절이다. 먼저 이 책 얘기부터 하고 싶다. 참 예쁘게 만든 책이다. 출간된 지 몇 년이 지났지만 지금도 꾸준히 팔려 나가고 있단다. 왜일까? 글이 좋다. 복잡하지 않으면서 군더더기가 없고 감각적이다. 사진도 좋다. 지구촌 여기저기 풍물과 풍광이 색동처럼 배열되어 있다.

각설하고. 이병률의 사랑법은 이렇다.

사랑해라. 시간이 없다. / 사랑을 자꾸 벽에다가 걸어두지만 말고 만지고, 입고 그리고 얼굴에 문대라. / 사랑은 기다려 주지 않으며, 내릴 곳을 몰라 종점까지 가게 된다 할지라도 아무 보상이 없으며, 오히려 핑계를 준비하는 당신에게 책임을 물을 것이다. / 사랑해라. 정각에 도착한 그 사랑에 늦으면 안 된다.

• • • 이병률(1967~) | 시인이자 방송작가. 충북 제천 출생. 서울예술대학 문예창작과를 졸업했다. 1995년 한국일보 신춘문예에 시 「좋은 사람들」, 「그날엔」이 당선되어 등단했다. '시힘' 동인으로 활동하고 있다. 다수의 시집과 여행 산문집 『끌림』 등을 펴냈다.

미워해도 사랑해도 둘 다 바뀐다.
그러나 미워해서 바뀌면 둘 다 불행하고,
사랑해서 바뀌면 둘 다 행복하다.

– 조정민

1분 생각 | **선교의 새 패러다임**

조정민 목사는 매일 아침 인생과 종교에 대한 성찰을 담은 짧은 트위터 글로 사람을 만난다. 그의 트위터 팔로어는 10만여 명이 넘는다고 한다. 반기독교 분위기가 팽배한 온라인에서 뜻밖에도 목사의 메시지가 인기를 끄는 것은 그가 특별히 기독교 교리를 강요하지 않기 때문이다. 예수 믿으라는 말은 단 한마디도 하지 않지만, 그의 말을 듣고 있으면 교회에 가보고 싶다는 생각이 든다는 사람들이 많다. 한국 기독교가 찾아야 할 선교의 새 패러다임은 바로 이런 것이 아닐까.

● ● ●   조정민(1951~) | 목사. MBC 사회부·정치부 기자, 워싱턴 특파원, 뉴스데스크 앵커 등 오랜 언론인 생활을 뒤로 하고 목회자의 길을 걷고 있다. 52세 때 방송국을 그만두고 미국 보스턴 소재 고든콘웰신학교로 유학을 떠나 4년간 신학을 공부했다. 2007년에 목사 안수를 받았으며, 지금은 온누리교회 목사 겸 CGN TV 대표이사를 맡고 있다. 트위터에 올린 글을 모아 『사람이 선물이다』 등의 책을 출간했다.

주는 것은 언제나 받는 것보다 행복하다.
사랑하는 것은 사랑받는 것보다 아름답고 행복하다.

– 헤르만 헤세

1분 생각 | **받는 것보다 주는 것**

청마 유치환은 「행복」이라는 시에서 이렇게 노래했다.

'사랑한다는 것은 사랑을 받느니보다 행복하느니라 / 나는 오늘
도 너에게 편지를 쓰나니 / 그리운 이여 그러면 안녕 / 설령 이것
이 이 세상 마지막 인사가 될지라도 / 사랑했으므로 나는 진정 행
복하였네라.'

대중가요 가사에도 비슷한 것이 있다.

'사랑은 주는 것, 아낌없이 주는 것, 주었다가 다시는 찾지 못해
도… 사랑은 주는 것, 미련 없이 주는 것', '진정한 사랑을 하고 싶
다면, 오로지 주려고만 하랬지, 사랑은 받는 것이 아니라면서…'

그리고 보니 많은 사람들이 이미 다 알고 있었다. 주는 것이
받는 것보다 행복하다는 것을. 사랑도 연애도, 지식도 나눔도,
그리고 돈도. 그런데도 한사코 받으려고만 하는 사람들은 뭘까?

● ● ●　헤르만 헤세(Hermann Hesse, 1877~1962) | 독일의 소설가, 시인. 단편집, 시집, 우화
집, 여행기, 평론 등 다양한 글을 썼다. '새는 알을 깨고 나온다. 알은 새의 세계이다. 태어나려
는 자는 한 세계를 파괴해야만 한다.'는 구절은 그의 소설 『데미안』에 나온다. 『수레바퀴 밑에
서』, 『싯다르타』 등을 썼으며, 『유리알 유희』로 1946년 노벨문학상을 받았다.

언젠가는 미워하게 될 것이라 생각하며 그를 사랑하라.
언젠가는 사랑해야 할 것이라 생각하며 그를 미워하라.

– 몽테뉴

| **사랑을 지키고 싶다면**

세상은 돌고 도는 것, 영원한 것은 없다. 특히 사흘을 못 가서 바뀔 수 있는 것이 인간의 마음이다. 그럼에도 천년만년 이어질 듯 생각하고 행동한다. 특히 젊은 커플들. 하늘이 두 쪽 나도 자기들만은 그렇지 않을 것이라 강변한다. 이런 걸 콩깍지가 씌었다고 하던가. 혼인신고서의 잉크가 마르기도 전에 갈라서는 세상이다. 사랑을 지키고 싶다면 참을 줄 알아야 한다. 주체할 수 없어 왈칵 쏟아놓고 싶은 감정들, 그래도 조금씩 주고 조금씩만 받아야 한다. 괜히 한꺼번에 풀어놓았다가 열에 아홉은 후회한다. 찔끔 찔끔 사랑. 쪼잔한 것 같지만 때론 그것이 지혜로운 사랑법이다.

● ● ●　몽테뉴(Michel Eyquem de Montaigne, 1533~1592) | 프랑스 사상가. 모럴리스트. 프랑스의 르네상스기를 대표하는 철학자이자 문학가이다. 1588년에 간행된 그의 『수상록』은 프랑스의 모럴리스트 전통을 구축하였을 뿐만 아니라, 17세기 이후의 유럽 문학에 큰 영향을 끼쳤다.

마음 *mind*

흔들리지 않는 가치관과
믿음을 갖고 싶다면

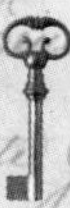

'낙오자' 라는 세 글자에 슬퍼하지 말고,
'사랑' 이라는 두 글자에 얽매이지 말며,
'삶' 이라는 한 글자에 충실하라.

– 니체

힘은 빼고 머리는 숙이고,
공을 바라보고 마음을 비워라.

– 골프 격언

미국에서 골프는 동네 조기축구 나가듯 대수로운 일이 아
니다. 거의 동네마다 골프장이 있고, 비용도 그렇게 부담스럽
지 않아서다. 미국에 사는 한인들이 너도나도 골프에 매달리
는 이유다. 내가 골프에 입문한 지도 10년이 되어 간다. 하지
만 실력은 늘 제자리다. 연습 부족이기도 하고, 골프장 한 번
나가면 하루를 거의 다 잡아먹기 때문에 자주 못 나가는 이유
도 있다. 그러나 결정적인 원인은 바로 이 말, 힘은 빼고, 머리
는 숙이고, 공은 끝까지 바라보고, 마음은 비우지 못하는 데
있었다. 골프만 그럴까? 인간사 세상일도 역두구심대로만 할
수 있다면, 도대체 못할 일이 뭐가 있을까.

• • • 골프(Golf) | 규칙에 따라 클럽을 사용하여 18개의 홀에 차례로 공을 집어넣는 스포츠.
공을 친 횟수가 적은 사람이 승자가 된다. 대중화가 되었다고는 하지만, 그래도 어느 정도 돈과
시간, 체력의 뒷받침이 있어야 즐길 수 있는 운동이다. 네덜란드의 아이스하키와 비슷한 놀이가
스코틀랜드로 건너가 골프로 변화되었다는 설과 스코틀랜드의 목동들이 지팡이로 돌을 쳐서 구
멍에 넣던 것이 골프로 발전되었다는 설, 그리고 로마제국이 스코틀랜드를 정복했을 때 군사들
이 골프와 비슷한 놀이를 하던 것이 발전했다는 설 등 기원설이 다양하다.

닭의 모가지를 비틀어도 새벽은 온다.

– 김영삼

닭이 울면 새벽이 온다. 그래서 닭을 없애버리면 새벽이 오지 않을 것이라고 생각했을까? 하지만 그것은 오산. 닭이 울건 말건 와야 할 새벽은 어차피 오고야 만다.

1979년 10월 4일, 국회의원직에서 강제 제명당한 당시 김영삼 신민당 총재가 시대의 어둠을 질타하며 일갈했던 말이다. 실제로 김영삼 총재가 이 말을 하고 나서 한 달이 채 못 되어 10.26이 터졌고, 박정희 시대는 종말을 고하고 말았다. 역사의 사필귀정이 달리 있는 게 아니다.

● ● ●   김영삼(金泳三, 1927~) | 대한민국 전 대통령. 경남 거제 출생. 서울대학교 철학과를 졸업하였으며, 1954년 26세의 나이로 3대 민의원 선거에 출마하여 당선됐다(최연소). 이후 5 · 6 · 7 · 8 · 9 · 10 · 13 · 14대 국회의원에 당선되어 '9선 의원'이라는 기록을 세웠다. 민주화 투쟁에 헌신했으며, 1992년 12월에 실시된 14대 대통령선거에 출마하여 당선됨으로써 문민정부를 출범시켰다. 대통령 취임 후 정치군인 청산, 공직자 재산 공개, 금융실명제 실시 등의 굵직한 업적을 남겼지만 IMF 경제위기를 초래한 대통령으로 빛이 바랬다.

종교는 좋은 멘토여야 한다.
신비를 다 아는 것처럼 설명하려 해서는 안 되고,
오히려 그것을 즐기는 길을 열어 주어야 한다.

– 곽건용

1분 생각 | **종교와 멘토**

좋은 멘토는 직접 답을 가르쳐 주는 것이 아니라 스스로 답을 찾을 수 있도록 도와줄 뿐이다. 멘토를 잘 만나면 인생이 달라진다. 종교도 그래야 한다. 하지만 종교가 모든 것을 다 설명해 줄 수 있다고 여기는 사람들이 의외로 많다. 그렇지 않다고 하면 믿음이 부족하기 때문이라고 반박한다. 정말 그럴까? 곽건용 목사는 말한다.

"예수나 하나님이나 성경은 내가 스스로 생각하고 결정해야 하는 문제에 대한 길잡이가 될 수는 있지만, 답이 될 수는 없다."

회의하지 않는 믿음은 맹신이고, 믿음 없는 회의는 불신으로 이어진다. 믿음으로 더 많은 자유와 즐거움을 만끽할 줄 아는 사람이어야 좋은 신앙인이다.

● ● ●　곽건용(1959~) | 목사. 서울대 사회학과(78학번)를 졸업한 후 한신대 신학대학원을 거쳐 미국 클레어몬트 대학원에서 박사 과정(구약학)을 수료했다. 1985년부터 1993년까지 서울 향린교회에서 전도사와 부목사로 사역했으며, 1993년 말 미국으로 건너가 나성향린교회의 담임목사로 시무하고 있다. 『하느님도 아프다』 등의 설교집과 에세이집 『예수와 함께 본 영화』를 출간했다.

유행이면 똥도 집어먹을 거야?

– TV 드라마 「무자식 상팔자」(김수현 극본) 중에서

1분 생각 | 과잉 심리

허벅지가 다 드러난 초미니 스커트를 입고 나타난 며느리에게 시할아버지가 호통을 친다. "시부모 집에 오면서 치만지 빤쓴지도 모르는 옷을 입어! 유행이라면 똥도 집어먹을 거야?"

예전엔 공짜라면 양잿물도 마신다는 말이 있었다. 정력에 좋다면 바퀴벌레도 잡아먹는다는 패러디도 있다. 뭔가에 한번 씌었다 하면 물불을 가리지 않는 한국인의 과잉 심리에 대한 비아냥이다. 그렇게 보면 '유행이라면 똥도 집어먹는다'는 말도 전혀 틀린 말은 아니다. 옷차림도, 얼굴 성형도, 명품 소비도, 취미도, 그리고 읽는 책까지도 유행이라면 천지분간 못하고 무조건 따라하고 보는 세상이 됐기 때문이다. 나는 이런 사회가 섬뜩하다. 남이 하면 반드시 나도 같이 해야 하는 그 일사불란함 속에 어떤 광기나 폭력성 같은 것이 느껴져서다.

● ● ● 　김수현(金秀賢, 1943~) | 방송작가. 충북 청주 출생. 드라마 작가로 활동하고 있으며, '시청률의 보증 수표'로 불린다. TV 드라마 「사랑과 진실」(1984), 「사랑과 야망」(1987), 「사랑이 뭐길래」(1991), 「목욕탕집 남자들」(1995), 「청춘의 덫」(1999) 등의 히트작으로 명성을 날렸으며, 최근에는 JTBC 드라마 「무자식 상팔자」를 집필하여 건재함을 과시했다.

인생의 문제는 해답이 있어서 풀리는 게 아니다.
인간이 성숙해져서 문제 자체가 문제가 아닐 때
풀리는 것이다.

— 김흥호

살면서 문제가 없기를 바란다면, 그것은 인생을 덜 살았거나 인생에 대해 아무런 생각이 없는 사람이다. 하늘이 우리에게 문제를 던질 때는 해답도 반드시 같이 준비해 둔다고 했다. 그 답은 결국 마음에 있다. 자신이 어떤 마음을 품느냐에 따라 자기 문제를 결정하고, 자기 인생을 결정한다는 말이다. 마음을 닫으면 아무리 쉬운 문제라도 그 답을 볼 수가 없다.

● ● ● 　김흥호(金興浩, 1919~2012) | 목사. 한국 개신교의 대표적인 영성가이자 구도자로 꼽힌다. 황해도 출생. 평양고보를 거쳐 일본 와세다대 법학부를 졸업하였으며, 이화여대 기독교학과 교수와 교목실장, 감리교신학대 종교철학과 교수를 역임했다. 유교와 불교, 도교 등 동양의 전통 종교를 섭렵한 개신교 사상가 다석(多夕) 유영모 선생의 제자였고, 55년간 하루 한 끼만 먹는 식생활을 실천했다.

'낙오자'라는 세 글자에 슬퍼하지 말고,
'사랑'이라는 두 글자에 얽매이지 말며,
'삶'이라는 한 글자에 충실하라.

– 니체

좌절금지

좌절금지. 집착금지. 그리고 매일 매일 최선 다하기. 위대한 철학자의 심오함도 이 세 마디를 뛰어넘지 못한다. '낙오자'란 세상 모든 시련과 아픔을 자기 혼자 다 겪는다고 생각하면서 자포자기하는 사람이다. 적어도 '왜 나만 힘들까', '왜 나만 안 될까', '왜 나만 괴로울까'라고 자책하지 않는 것이 인생길에서 낙오되지 않는 비법이다. 진부하지만 다음과 같은 시구도 일말의 도움이 되지 않을까 생각해 본다.

'생활이 그대를 속일지라도 결코 슬퍼하거나 노여워하지 마라. 슬픔의 날을 참고 견디면 기쁨의 날이 오리니. 마음은 미래에 사는 것. 현재는 언제나 슬픈 것. 모든 것은 한 순간에 지나가고, 지나간 것은 다시 그리워지나니.' – 푸시킨

● ● ● **니체**(Friedrich Wilhelm Nietzsche, 1844~1900) | 독일의 사상가이자 철학자. 허무주의와 실존주의의 선구자로 19세기 서양 사상사에 큰 영향을 미쳤다. 목표 의식을 잃은 대중을 향해 '신은 죽었다'라는 말로 자기 극복을 위해 힘써야 한다고 주장했다. 저서로는 「차라투스트라는 이렇게 말했다」, 「인간적인 너무나 인간적인」, 「즐거운 학문」, 「우상의 황혼」 등이 있다.

해결될 일이라면 걱정할 필요가 없고,
해결되지 않을 일이라면 걱정해도 아무 소용이 없다.

– 달라이 라마

1분 생각 | **쓸데없는 걱정**

티베트는 평균 해발 고도가 4,900미터에 이르는 세계의 지붕이다. 1951년 중국에 의해 강제 점령된 이후 중화인민공화국 시짱西藏 자치구로 편입됐다. '티베트인'으로 불리는 장족藏族이 인구의 대부분을 차지하며, 280만 명쯤 된다. 해외에 거주하는 티베트인까지 합치면 600만 명이다. 그들 모두의 정신적 지주가 달라이 라마다. 달라이 라마는 원래 티베트 불교인 라마교의 법왕法王을 지칭하는 말이다. 그래서인지 그의 한마디 한마디는 언제나 법문이다.

● ● ● 달라이 라마達賴喇嘛 , Dalai-Lama XIV, 1935~) | 본명은 '텐진 갸초'. 1940년 제 14대 달라이 라마로 즉위한 이래 티베트인의 정신적, 신앙적 지주가 되고 있다. 평생을 비폭력 노선을 견지하면서 중국으로부터의 티베트 독립운동에 헌신해 왔다. 인도에 티베트 망명정부를 세우고, 티베트 헌법을 기초하는 한편, 50여 년간 학교, 수공예 공장, 예술학교 등을 설립해 티베트 문화의 정체성을 지키는 데 주력했다. 1989년에 노벨평화상을 받았다.

삶을 기뻐하는 것, 그것이 여자에게는
최고의 화장법이다.

– 로잘린드 러셀

어떤 부인이 처녀 때 했던 성형수술 사실을 숨기고 결혼했
다가 이혼을 당했다는 기사가 신문에 났었다. 생생한 비포
before – 애프터after 사진과 함께. 공감.

오죽했으면 신랑이 그랬을까 싶었다. 하지만 진짜 이혼 사
유는 과거의 얼굴 때문만은 아니었을 것이다. 자고로 수상手相
이 관상觀相만 못하고, 관상은 심상心相만 못하다고 했다. 맵시
3년, 솜씨 30년, 마음씨는 평생이라는 말도 있다. 모두가 심성
이 으뜸이라는 말이다.

삶을 기뻐하는 것이 여자의 최고 화장법이라면, 이런 실천
방법은 어떨까? 얼굴에 미소를 바를 것. 그것도 골고루, 환하
게. 입술에도 눈가에도 빠짐없이.

● ● ●　　로잘린드 러셀(Rosalind Russell, 1907~1976) | 미국 영화배우. 코네티컷 출생. 뉴욕 매
리마운트 칼리지를 졸업한 후 뉴욕 예술아카데미에서 공부했다. 패션모델로 활동을 시작한 그
녀는 브로드웨이 쇼에도 출연했다. 1939년 영화 「여자들」이 흥행에 성공하여 희극배우로서 명
성을 얻었다. 아카데미상 후보에 네 번이나 올랐으나 수상을 하지는 못했다.

잘못을 저지른 것이 부끄러운 것이 아니라
그 잘못을 고치지 못하는 것이 부끄러운 것이다.

– 장 자크 루소

1분 생각 | 부끄러움을 안다는 것

나만 눈 감으면 아무도 모른다. 그러나 양심이 있는 사람이
라면 그러질 못한다. 양심을 양심으로 지켜내는 것이야말로
부끄러움을 아는 것이다. 부끄러움을 안다는 것은 똑같은 잘
못을 다시 되풀이하지 않겠다는 각오에서 나온다.

언젠가 이런 기도를 했었다.

'내 생각과 행동들, 너무나 부끄러운 것이 많았습니다. 정
녕 그 모든 것을 부끄러워할 줄 아는 사람이 되게 하소서. 하
나님 앞에 부끄러워하는 것이 부끄러운 것이 아니라 잘못을
알고도 부끄러워하지 않는 것이 오히려 더 부끄러운 일임을
깨닫게 하소서.'

바라건대 살아가면서 더 이상 이런 기도가 반복되지 않기를.

● ● ●　장 자크 루소(Jean-Jacques Rousseau, 1712~1778) | 18세기 프랑스의 철학자이자 사상
가 겸 소설가. 『인간불평등기원론』, 『사회계약론』 등을 썼고, 인간의 자유와 평등을 논한 『민약론』,
소설 형식의 교육론 『에밀』, 자전적 작품 『고백록』 등을 집필했다. 그의 자유민권사상은 프랑스 혁
명의 사상적 지주가 되었을 뿐만 아니라 19세기 프랑스 낭만주의 문학의 선구적 역할을 했다.

교양이란 번뇌와 욕망을 조화롭게 표현하는 일이다.

– 린위탕

1분 생각 | 교양의 이중성

1980년대는 사회과학 서적 읽기가 대학가의 기본 교양으로 치부되던 시절이었다. 그때의 교양이란 시대를 읽는 눈이었다. 시답잖은 독서 토론회조차 '교양 토론회'라는 이름으로 포장되던 시절이었으니까.

사회에 나와 보니 교양은 또 달랐다. 인간적 품위, 품격 혹은 학문, 지식, 성품 등을 두루 갖춘 세련된 그 무엇이 교양이었다. 교양이 위선 혹은 가식의 다른 이름이라는 것은 그 다음에 알게 됐다.

그렇다면 번뇌와 욕망의 조화로운 표현이 교양이라는 중국 최고 지성의 말 속에서도 우아한 절제보다 가장된 위선이 먼저 떠오르는 것은 왜일까.

● ● ●   린위탕(林語堂, 1895~1976) | 중국 작가, 문화 비평가. '임어당'으로 더 잘 알려졌다. 중국 푸젠성(福建省)에서 태어났으며, 미국 하버드 대학과 독일 라이프치히 대학에서 언어학을 전공했다. 귀국 후 북경대학 교수를 지냈다. '20대 젊은이가 공산주의에 매료되지 않는 자는 바보이고, 40대에 공산주의에 실망하지 않은 자는 더 큰 바보다.'라는 말을 남겼다. 한국어 번역판으로 수십 종이나 출간된 『생활의 발견』의 저자이다.

나비처럼 날아서 벌처럼 쏘겠다.

– 무하마드 알리

어떤 선수도 이렇게 시적으로 자신의 기량을 드러낸 사람은 없었다. 무하마드 알리. 그는 정말 자신의 말대로 나비처럼 날았고, 벌처럼 쏘았다. 상대 선수를 향해, 불의의 세상을 향해. 1960~1970년을 살았던 사람은 알리가 얼마나 대단한 선수였는지 기억할 것이다. 세계 프로복싱의 스타일을 바꾸어 놓았을 뿐만 아니라 100년 복싱 역사상 최고의 복서로 칭송받고 있는 그가 '떠버리'라는 별명에도 불구하고 영웅으로 남을 수 있었던 것은 영혼을 담아낸 한마디 한마디와 함께 자신이 내뱉었던 말 그대로의 삶을 살았기 때문이었다.

● ● ●　무하마드 알리(Muhammad Ali, 1942~) | 미국 권투선수. 원래 이름은 캐시어스 클레이(Cassius Marcellus Clay). 1960년 로마올림픽 복싱 라이트헤비급에서 금메달을 땄고, 같은 해 1960년 10월에 프로로 전향했다. 1964년 소니 리스턴으로부터 세계 헤비급 타이틀을 빼앗은 뒤, 이슬람교에 입교하여 '무하마드 알리'로 개명했다. 1967년에 "나는 베트콩에게 아무 감정이 없다."는 이유를 들어 월남전 참전 징집을 거부함으로써 선수 자격 박탈과 동시에 챔피언 벨트도 빼앗겼다. 1971년에 링으로 돌아온 알리는 조 프레이저, 조지 포먼 등과 함께 미국 복싱의 황금기를 이끌었다. 통산 세 번이나 세계 헤비급 챔피언에 올라 영원한 챔피언으로 세계인의 뇌리에 남았다.

세상에는 일곱 가지 죄가 있다.
노력 없는 부富, 양심 없는 쾌락, 인격 없는 지식,
도덕성 없는 사업, 인성 없는 과학, 희생 없는 기도,
원칙 없는 정치가 그것이다.

– 마하트마 간디

1분 생각 | **일곱 가지 죄**

죄罪는 한 사회의 규범이나 관습, 법과 도덕에 위배되는 행위를 말한다. 좀 더 범위를 넓혀 보면 양심이나 도리에 벗어난 행위도 죄다. 종교적으로는 절대자의 율법을 거스르는 것이 죄다. 그렇게 보면 세상에 죄 없는 사람은 없다.

굳이 기독교 교리가 아니더라도 조금만 생각해 보면 인간은 누구나 다 죄인이다. 입으로 지은 죄, 행동으로 지은 죄, 생각으로 지은 죄, 그리고 타고난 죄. 그 많은 죄로부터 과연 누가 자유로울 수 있을까? 그중에 일곱 가지. 현대인들이 가장 저지르기 쉬운 죄목들을 간디가 일깨웠다.

● ● ●   마하트마 간디(Mahatma Gandhi, 1869~1948) | 인도의 정치 지도자이자 사상가. 인도 건국의 아버지로 불린다. 마하트마는 '위대한 영혼' 이라는 뜻. 영국의 식민 통치에 대항하여 민족 독립운동과 비폭력 저항운동을 벌인 것으로 유명하다. 독립을 이룬 이듬해 힌두교 광신자에 의해 암살되었다. 그의 비폭력 · 무저항주의는 인류 역사에 길이 남을 평화사상으로 평가받고 있다.

무소유란 아무것도 갖지 않는 것이 아니라
불필요한 것을 갖지 않는다는 뜻이다.

– 법정

『무소유』라는 스님의 수상집을 20년도 더 전에 읽었다. 이후 법정스님 책은 나올 때마다 사 읽었다. 그의 글을 통해 나는 세 가지 가르침을 얻었다. 첫째 적게, 꼭 필요한 것만 가질 것. 가진 것이 많을수록 걱정거리도 늘어난다는 말씀이었다. 둘째, 꼭 필요한 말만 할 것. 세상이 이렇게 혼탁한 것은 말이 너무 많기 때문이라는 일깨움이었다. 셋째, 적게 먹을 것. 음식만이 아니다. 지식도 마찬가지다. 과식이 소화불량의 원인이듯 잡다한 지식은 쓰레기가 될 뿐이라는 일갈이었다. 그는 마지막 유언에서조차 우리에게 무소유를 일깨워 주었다.

"장례식을 하지 마라. 관棺도 짜지 마라. 평소 입던 무명옷을 입혀 다비하고, 그 재는 평소 가꾸던 오두막 뜰의 꽃밭에다 뿌려라."

● ● ●　법정(法頂, 1932~2010) | 불교 승려. 전남 해남 출생. 전남대 3학년에 재학 중이던 1956년에 출가했다. 1970년대 후반부터 송광사 뒷산에 작은 암자 불일암(佛日庵)을 짓고 청빈의 삶을 살았다. 담담하면서도 쉽게 읽히는 맑은 글쓰기로 『무소유』, 『오두막 편지』, 『산에는 꽃이 피네』 등의 빼어난 수상집을 남겼다.

몸에 병 없기를 바라지 말라. 몸에 병이 없으면
탐욕이 생기기 쉽나니 그래서 성인이 말씀하시되,
병고病苦로써 양약良藥을 삼으라 하셨느니라.

– 『보왕삼매론』 중에서

1분 생각 | **육신의 병, 마음의 건강**

한쪽 귀가 안 들린 지 20년이 넘었다. 서른 즈음이었다. 계속된 야간 근무로 쓰러진 적이 있었는데, 그때의 후유증이었다. 거기다 지금까지 귓속에선 쉴 새 없이 '삐~' 하는 소리까지 난다. 그 불편함. 그 괴로움. 하지만 사람 몸의 적응력은 놀랍다. 이명은 지금도 계속되고 있지만, 그냥 그러려니 하며 살고 있으니 말이다.

질병만큼 인간을 겸손하게 만드는 것은 없다. 병고는 인간이 얼마나 나약하고 보잘 것 없는 존재인지를 깨닫게 해 준다. 병으로 고생하는 사람들은 오히려 그 병으로 인해 마음의 건강을 지킬 수 있음에 감사해야 한다.

• • • 『보왕삼매론(寶王三昧論)』 | 불교 서적. 수행 과정에서 겪는 장애들을 극복하기 위한 열 가지 지침을 담고 있다. 중국 원나라 말기부터 명나라 초기에 걸쳐 승려 묘협이 지은 『보왕삼매 염불직지(寶王三昧念佛直指)』 중 제17편 「십대애행」에 나오는 구절을 가려 뽑은 것이다. '십대애행 (十大碍行)'이란 수행에 있어 방해가 되는 열 가지 큰 장애라는 뜻이다.

마음의 눈을 바로 뜨고 그 실상을 바로 보면
산은 산이요, 물은 물이로다.

− 성철

산은 산이요 물은 물이다. 당연하다. 문제는 산이 물로 보이고, 물이 산으로 보일 때다.

너무나 당연한 것도 어떤 사람들에겐 다르게 보일 수 있다는 것, 흔히 경험한다. 자그마한 깨달음을 얻었을 때는 물이 산으로, 산은 물로 보일 수도 있다. 하지만 좀 더 수준이 높아지면 다시 물은 물로, 산은 산으로 보인다. 있는 것을 있는 그대로 볼 줄 알게 되는 것이다. 그게 지혜(반야般若)다. 마음의 눈을 뜨고 실상을 바로 보라는 말도 있는 그대로를 제대로 보라는 말이다. 공자도 말했다. 아는 것을 안다고 하고, 모르는 것을 모른다고 하는 것이 참으로 아는 것이라고.

● ● ● 　성철(性徹, 1912~1993) | 한국 승려. 현대 한국 선불교의 전통을 대표하는 수행승. 속명은 이영주(李英柱). 1936년에 해인사로 출가했다. 일제강점기 이후 왜곡되어 있던 한국 불교를 바로 세우고자 1947년 청담 스님 등과 함께 봉암사 결사로 선풍을 바로잡고 조계종의 법맥을 이었다. 1981년 대한불교 조계종 제7대 종정으로 취임했다. 8년 동안 장좌불와(長坐不臥)를 행하는 등 평생 철저한 수행으로 일관했으며, 그를 만나려면 3천 배를 올려야 했다는 일화가 유명하다.

사람들은 위대한 것보다는 새로운 것을 더 찬양한다.

– 세네카

새것이 좋아 보일 때

아무리 대단한 것도 시간이 지나면 낡은 것이 되고, 사람의 관심도 식어 가기 마련이다. 그러고는 다시 새것을 찾는다. 그게 인간의 간사한 마음이다.

나도 새것이 좋다. 어린 시절 어쩌다 새 옷, 새 신발, 새 책을 받아 들었을 때의 낯설면서도 설레던 그 기분을 지금도 잊을 수가 없다. 그러나 새것이 좋다는 것도 젊어 한때다. 세월이 가고 나이를 먹다 보면 어느새 새것보다 익숙한 것이 더 편하고 좋아질 때가 온다. 오고야 만다. 그러니 새것이 좋아 보일 때, 실컷 누리고 찬양하며 즐길 일이다.

● ● ●　세네카(Lucius Annaeus Seneca, BC 4년경~AD 65) | 고대 로마의 정치가, 철학자, 시인, 극작가. 스토아 철학의 주요한 주창자로서 윤리적이고 철학적인 글을 많이 남겼다. 네로 황제의 정치적 조언자 겸 참모로도 활동했으나 네로의 포학성이 심해지면서 많은 비판을 받고 공직에서 물러났다. 이후 연구와 저술에 힘을 쏟다가 네로의 명에 따라 자살했다.

가장 불행한 사람은 주체할 수 없을 만큼
많은 돈과 시간을 가진 사람이다.

– 새뮤얼 존슨

주체할 수 없이 많은 시간이 무엇을 뜻하는지는 알겠다. 하지만 주체할 수 없이 많은 돈은 과연 어느 정도일지 상상이 안 간다. 부동산 예금 등을 합쳐서 총자산 30억 원 이상이면 '슈퍼부자'라고 하는데, 그 정도를 주체할 수 없는 돈이라 할 수 있을까? 한국에는 금융 자산만 10억 원 이상을 가진 사람이 13만 여명이나 있다고 한다. 그들은 과연 불행할까? 2012년, 삼성경제연구소는 한국에서 4인 가족이 인간다운 삶을 영위하기 위해 필요한 최소한의 돈은 월 301만 원이라는 조사 결과를 발표했다. 그런 걸 보면 역시 상대적이다. 1천만 원만 있어도 원이 없겠다는 사람이 있고, 100억 원을 가져도 여전히 배가 고픈 사람이 있으니까.

● ● ●   새뮤얼 존슨(Samuel Johnson, 1709~1784) | 영국 작가. 시인 겸 평론가. 워싱턴포스트가 선정한 지난 1000년 동안 최고의 업적을 남긴 인물 또는 작품에서 최고의 저자로 선정되기도 했다. 1747년에 시작한 영어사전 『A Dictionary of the English Language』를 자력으로 7년 만에 완성시킴으로써 사람들을 놀라게 하였다. 그는 "런던에 싫증난 자는 인생에 싫증난 자다."라고 말할 정도로 런던을 사랑한 영국인이었다.

너는 꽃밭의 꽃이 아니라 야전 용사다.
화단에 들어와 꽃인 양 하지 말고 네 길을 가라.

– 서영은

1분 생각 | **자기만의 색깔**

작가 서영은이 2007년 제1회 세계청소년문학상을 수상한 정유정(1966~)에게 해 준 말이다. 그의 말대로 정유정은 금세 문단의 야전 용사가 됐다. 공모전에 열한 번이나 떨어지고 난 뒤 마흔한 살에 이룬 성과였다. 그녀는 대학에서 국문학을 전공한 것도 아니었고, 문학을 공부하지도 않았으며, 문예지에 단편을 발표한 적도 없는 문단의 이방인이었다. 그럼에도 자기 식의 글쓰기를 고집하며 마침내 스릴러 장편 『7년의 밤』으로 일약 유명 작가가 됐다. 어디서든 일가를 이루려면 자기만의 색깔을 지키는 것이 중요하다는 원칙을 일깨우는 일화다.

● ● ●   서영은(徐永恩, 1943~) | 소설가. 강원도 강릉 출생. 강릉사범학교 졸업 후 건국대 영문과에서 수학했다. 1968년 「사상계」 신인 작품 공모에 단편 「교(橋)」가 입선하고, 1969년 「월간문학」에 「나와 '나」가 당선되어 등단했다. 1983년 단편 「먼 그대」로 제7회 이상문학상을 수상했고, 1990년 「사다리가 놓인 창」으로 제3회 연암문학상을 받았다. 소설가 김동리의 세 번째 아내였다.

나의 사랑스런 교회여, 크기의 우상에서 해방되라.

– 신광은

보통 교인 수 2천 명이 넘으면 대형 교회, 1만 명이 넘으면 초대형 교회 또는 '메가 처치mega church'라 부른다. 그런 점에서 한국의 웬만한 유명 교회들은 거의 다 메가 처치다. 그렇다 보니 교회의 대형화가 성경적인가 아닌가에 대한 논란이 치열한데, 대형 교회라고 해서 무조건 지탄의 대상이 되어서는 안 된다. 교회의 규모와 상관없이 나름대로의 역할과 사명이 있고, 실제로 대형 교회일수록 더 많은 일을 하는 것도 사실이기 때문이다. 하지만 외적인 성장에 치우친 나머지 영적 성장이 양적 성장의 속도를 따라가지 못한다면 그것은 문제다.

교인 수 수천, 수만 명을 자랑하는 교회도 실제 출석 교인은 절반 정도일 거라 보는 시각도 많다. 만약 교인 수에 거품이 끼었다면 반드시 걷어내야 한다. 그 전에 개인의 믿음에 끼어 있는 거품부터 먼저 걷어내야 한다.

• • • 신광은 | 침례교 목사. 건국대학교, 침례신학대학교 신학대학원을 졸업하고 동대학원 박사 과정을 수료했다. 지금은 대전 열음터교회에서 목회 활동을 하고 있다. 진보적 기독교 신문 「뉴스앤조이」에 연재했던 글을 모아 『메가처치 논박』(2009)을 출간했다.

선의 근본은 생명을 존중하고 사랑하고 보호하는 데 있으며, 악은 이와 반대로 죽이고 해치고 올바른 성장을 가로막는다.

– 슈바이처

1분 생각 | 생명 존중

살생을 금하는 것은 불교의 가르침만이 아니다. 독실한 크리스천이었던 슈바이처야말로 누구보다 생명 경외의 마음을 가진 사람이었다. 그는 나무 잎사귀 하나도, 들꽃 한 포기 조차도 함부로 대하지 않았다. 평생을 아프리카에서 헌신한 그는 벌레 한 마리도 무심코 밟지 않도록 조심하며 살았다.

이런 얘기가 있다. 슈바이처와 카뮈는 노벨상을 수상하면서 거액의 상금을 받았다. 카뮈는 그 상금으로 멋진 별장과 고급 승용차를 구입했고, 고급 승용차를 타고 별장으로 가던 중 교통사고로 세상을 떠났다. 하지만 슈바이처는 상금으로 아프리카 가봉에 원주민을 위한 병원을 지었다. 카뮈의 별장은 지금 누구의 소유가 되었는지 알 수 없지만, 슈바이처가 세운 병원은 지금도 수많은 생명을 살리고 있다.

● ● ●   슈바이처(Albert Schweitzer, 1875~1965) | 프랑스 태생의 의사. 아프리카 가봉의 람바레네 밀림에서 원주민을 위한 의료 활동에 평생을 바쳤다. 신학자이자 철학자로서 많은 저서를 남겼으며, 오르간 주자로서도 유명하다.

거짓도 백 번을 우기면 참이 된다.

– 일본 속담

1분 생각 | **뻔뻔함의 절정**

거짓말은 거짓말을 낳고, 그 거짓말은 또 다른 거짓말을 낳는다. 그럼에도 사람들은 빤한 거짓말에 속고 또 속는다. 유권자들은 정치인의 거짓말에 속고, 순진한 여자는 사랑한다는 난봉꾼의 감언이설에 속는다. 너도 속고 나도 속고, 모두가 속고 속이는 세상이다.

일본어 교재 중에 '거짓말도 백 번 말하면 참말이 된다(うそも 100回 言えば ほんとうに なる)'라는 말이 있었다. 하지만 이 말이 그들의 속담일 줄이야. 과연 일본인다운 속담이다. 그래서 독도도 자꾸 자기네 땅이라고 우기는 것인가.

● ● ●　일본(日本, Japan) | 한국의 가장 가까운 이웃나라. 전체 면적은 남한 면적의 3.8배이고, 한반도 전체보다 1.7배 넓다. 2010년 기준으로 인구는 약 1억2천만 명으로 세계 10위에 해당한다. 수도는 도쿄. 천왕이 있는 입헌 군주제 국가이며, 정부는 내각책임제 형태를 띠고 있다. 화폐 단위는 엔(円). 2010년 기준 국내총생산(GDP) 5조3,900억 달러로 세계 3위의 경제 대국이다. 한국과는 과거사 반성, 독도 문제, 위안부 문제 등 역사적으로는 물론 사회 경제적으로도 떼려야 뗄 수 없는 관계에 있다.

아름다운 입술을 갖고 싶으면 친절한 말을 하라.
사랑스러운 눈을 갖고 싶으면 사람들의 좋은 점을 봐라.

– 오드리 헵번

1분 생각 | **진정한 아름다움**

대한민국은 성형 왕국이다. 그렇게 청순하고 예뻤던 여배
우도 끊임없이 뜯어 고쳐 전혀 딴 사람이 되어 나타나곤 한다.
그렇다고 세월의 자취를 어떻게 다 감출 수 있으랴.

굶주리는 아이가 있는 곳이라면 어디든 달려간 오드리 헵
번은 영화배우로 살던 때보다 은퇴 이후가 더 아름다웠다.

"어린이 한 명을 구하는 것은 축복이다. 어린이 100만 명을
구하는 것은 신이 주신 기회다." 모든 정열을 아동 구호활동에
쏟았던 그녀의 이 말은 전 세계 신문의 헤드라인이 되었고, 세
계적인 기부 문화를 불러일으켰다. 아름다운 외모에 마음까지
고왔던 오드리 헵번. 그녀는 진정한 아름다움이 무엇인지를
일깨워 준 진정한 미인이었다.

● ● ● 　오드리 헵번(Audrey Hepburn, 1929~1993) | 아일랜드계 영국인 영화배우. 윌리엄 와
일러 감독의 1953년작 「로마의 휴일」에서 앤공주 역할을 맡아 일약 세계적인 스타가 되었다.
이후 「티파니에서 아침을」, 「마이 페어 레이디」 등에서 열연했다. 만년에 유니세프의 홍보대사
로 활동하면서 죽을 때까지 아프리카 어린이 구호에 힘썼다.

정의로운 사회란 약자의 행복을 구하는 사회다.

– 양민

정의로운 사회란

영화「도가니」의 감상문을 읽다가 만난 구절이다. 정의正義를 약자의 행복으로 정의定意한 것이 명쾌하고 놀랍다.『정의란 무엇인가』라는 책이 100만 부 이상 팔렸다고 한다. 이게 무슨 의미일까? 그만큼 한국 사회가 정의롭지 못하다는 역설이다. 그만큼 불의가 만연되어 있다는 말이고, 그만큼 정의 사회에 대한 갈망이 크다는 말일 것이다. 정의롭지 못한 사회란 약자에 대한 배려가 없는 사회. 힘 있는 자가 힘없는 자의 인권을 유린하는 것이다. 약자를 짓밟아 그들로 하여금 억울한 눈물을 흘리게 만드는 것이다.

양민은 말한다. 부자가 약자의 아픔에 우선하여 자신의 부를 더 귀중히 여기는 이상 정의는 없다고. 재판관이 약자의 잘못보다 강자의 죄악에 더 관대한 이상 정의는 없다고. 이 말에 100% 동의하지 않을 자 누가 있을까.

● ● ●　양민(1958~) | 교육 칼럼니스트 겸 컨설턴트. 서울대 공대를 졸업한 후 남가주 대학(University of Southern California)에서 공학박사 학위를 취득했다. 미국에서 SAT 전문 입시학원 체인을 경영했고, 현재는 미국 대입 전문 컨설팅 업체인 '유에스에듀콘'을 운영하고 있다. 여러 신문에 교육 관련 글을 쓰고 있으며, 저서로『미국대학 입학 길라잡이』가 있다.

배운 게 없다고 탓하지 마라.
나는 내 이름도 쓸 줄 몰랐으나 남의 말에
귀 기울이면서 현명해지는 법을 배웠다.

– 칭기즈칸

세계의 절반을 차지했던 위대한 정복자가 칭기즈칸이다. 하지만 그가 정말 위대했던 것은 절망의 현실을 이겨낸 전화위복의 전형이었기 때문이다. 그것을 누군가가 이렇게 노래했다.

"집안이 나쁘다고 탓하지 마라. 나는 아홉 살 때 아버지를 잃고 마을에서 쫓겨났다. 가난하다고 말하지 마라. 나는 들쥐를 잡아먹으며 연명했다. 작은 나라에서 태어났다고 말하지 마라. 그림자 말고는 친구도 없고 백성이라고는 어린애, 노인까지 합쳐 200만도 되지 않았다. 배운 게 없다고, 힘이 없다고 탓하지 마라. 나는 내 이름도 쓸 줄 몰랐으나 남의 말에 귀 기울이면서 현명해지는 법을 배웠다. 너무 막막하다고, 그래서 포기해야겠다고 말하지 마라. 나는 목에 칼을 쓰고도 탈출했고, 뺨에 화살을 맞고 죽었다 살아나기도 했다. 적은 밖에 있는 것이 아니라 내 안에 있었다."

● ● ●   칭기즈칸(成吉思汗, 1162~1227) | 몽골의 정복자. 유목 부족을 통일하고, 중국과 중앙아시아, 동유럽 일대를 정복하여 인류 역사상 가장 넓은 영토를 가진 몽골제국(원나라)의 기초를 닦았다. 묘호는 태조(太祖), 아명은 테무친(鐵木眞)이다. '칭기즈칸'은 우주의 큰 임금이라는 뜻이다.

두려움 때문에 갖는 존경심만큼 비열한 것은 없다.

– 카뮈

비열, 비굴, 비겁

비열과 비굴, 비겁은 모두 사촌간이다. 비열함은 열등감에서 온다. 비겁함도 낮은 자존감에서 생겨난다. 두려움이 존경심으로 이어지는 것은 비열한 것이 아니라 비굴한 것이다. 개를 키워 보면 안다. 강한 놈 앞에서 한없이 비굴해지는 것이 어떤 것이라는 것을. 인간이라고 다를까?

아부와 아양, 아첨은 비굴함의 산물이지만 본질적으로는 생존전략이다. 그러나 인간이라면 달라야 한다. 비굴하지 않게 살고 싶다면, 두려움이 두렵다면 아예 두려움으로부터 도망치는 것이 낫다. 피할 수 있다면 처음부터 그런 상황을 만들지 말아야 한다.

● ● ● 카뮈(Albert Camus, 1913~1960) | 프랑스 작가. 알제리에서 출생해 청년기까지 그곳에서 교육받았다. 인간이 처한 실존과 정의의 문제를 제기하며 사르트르와 함께 '실존주의' 문학의 선구자로 불린다. 대표작은 1957년 노벨문학상 수상작인 『이방인』. 그밖에 『시지프의 신화』, 『페스트』 등의 작품이 있다.

현실은 바꿀 수 없다.
그러나 현실을 보는 눈은 바꿀 수 있다.

— 카잔차키스

소설 『그리스인 조르바』는 카잔차키스의 대표작이다. 청년 작가가 조르바를 만나 함께 크레타 섬으로 가 광산업을 하면서 벌어지는 이야기다. 예순 살이 넘은 주인공 조르바의 호탕한 삶에 내내 마음을 빼앗기며 그 책을 읽었다. 그는 춤을 잘 추고, 여자를 유혹하는 데 선수다. 항아리를 빚는데 걸리적거린다며 집게손가락을 자른 괴짜이기도 했다. 하지만 오로지 오늘, 이 순간만 생각하며 과거와 미래에 얽매이지 않았던 그의 삶은 자유롭고 순수한 영혼 그 자체였다. 세상을 바꿀 수는 없지만 세상을 보는 눈은 바꿀 수 있다는 이 말이 그런 조르바의 삶을 한마디로 대변해 주고 있다.

● ● ●　　**카잔차키스**(Nikos Kazantzakis, 1883~1957) | 그리스 시인, 소설가, 극작가. 여러 나라를 편력하면서 역사상 위인을 주제로 한 비극을 많이 썼다. 그의 오랜 영혼의 편력과 투쟁은 그리스정교회와 교황청으로부터 노여움을 사게 되었고, 대표작 『그리스도 최후의 유혹』, 『그리스인 조르바』가 신성을 모독했다는 이유로 파문당하기도 했다. 1951년과 1956년 두 차례에 걸쳐 노벨문학상 후보에 지명되며 문학성을 인정받았다.

고통을 멈추게 해 달라고 기도하게 마시고,
고통을 이겨낼 용기를 달라고 기도하게 하소서.

– 타고르

기도는 신이 나에게 다가와 달라고 간청하는 것이 아니라, 내가 신에게 다가가겠다고 하는 다짐이다. 신의 뜻을 알기 위한 간절함이 기도다. 타고르의 기도는 이렇게 이어진다.

"위험으로부터 벗어나게 해 달라고 기도하지 말고 위험에 용감히 맞설 수 있게 해 달라고 기도하게 하소서. 성공 속에서만 당신의 은혜를 느끼는 비겁한 자가 아니라, 실의에 빠졌을 때야말로 당신의 귀한 손을 잡고 있음을 알아채게 해주소서."

● ● ●　타고르(Rabindranath Tagore, 1861~1941) | 인도의 시인. 1913년 아시아인으로서는 처음으로 노벨문학상을 받았다. 수상작은 시집 『기탄잘리(Gitanjali)』. 이 시집에는 인간과 신의 관계를 사랑하는 연인의 관계로 묘사한 103편의 시편이 담겨 있다. 1929년 타고르가 일본에 들렀을 때 한국을 찬양하여 썼다는 시 「동방의 등불」로 우리에게도 친숙한 시인이다.

성서는 거짓 복종보다는 솔직한 이의제기를
더 높이 평가한다.

– 토마스 머튼

성경을 어떻게 읽을 것인가? 이 질문에 대해 우리는 오랫동안 모범답안만 들어 왔다. '하나님 말씀이기에 무조건 믿어야 한다. 엄숙하게, 기도하는 마음으로 성령의 도움을 간구하며, 온 마음과 정성을 다하여 하나님의 음성을 듣겠다는 간절한 마음으로 읽어야 한다.' 그러나 아무리 위대한 성경도 이렇게만 읽어야 한다는 것은 솔직히 부담스럽다. 성경은 정말 입시 공부를 하듯 작심하고 인내하며 읽어야만 하는 것일까?

가톨릭 사제 머튼은 "성서를 진지하게 읽는다는 것은 그 속에 인격적으로 빠져 들어가는 것을 뜻한다. 그것은 성서의 모든 것을 아무런 이의도 달지 않고 무조건 받아들이는 것과는 차원이 다르다."라고 말했다. '무조건적인 순종'만 옳은 신앙으로 여기는 기독교인들이 한 번쯤 새겨볼 만한 충고다.

● ● ●　토마스 머튼(Thomas Merton, 1915~1968) | 가톨릭 신부. 20세기 기독교 정신사에 뚜렷한 족적을 남긴 영성의 대가다. 프랑스에서 태어났고, 미국 컬럼비아 대학에서 문학박사 학위를 받았다. 1940년에 수도원으로 들어가 1949년에 가톨릭 신부가 되었다. 대표작으로는 『성서의 문을 여는 마음』 외에 『칠층산』, 『신비주의와 선의 대가들』이 있다.

이기주의자란 자기도 이기주의자일 수 있다는
생각을 전혀 해 보지 않은 사람이다.

– 프로이트

이기심은 먹고, 자고, 생식하는 것과 마찬가지로 생존과 종
족 보전을 위한 동물적 본능이다. 그러나 인간은 그런 유전자
에 반기를 들고 자신이 원하는 이타적이고 도덕적인 삶을 살
수 있다고 믿는다. 그런데 문제는 이타심은 늘 좋은 것이고,
이기심은 항상 나쁜 것이라는 이분법적 사고다.

소설가 이외수는 '나쁜 놈'이라는 말은 '나 뿐인 놈'에서 왔
다고 주장한다. '나만 아는 사람 = 이기주의자 = 나쁜 사람'이
라는 말이다. 일리가 있다. 하지만 과연 이기심이 나쁜 것이기
만 할까? 그 좋다는 이타심도 성인군자가 아니라면 스스로의
욕망이 충족되고 난 후에야 생겨나는 것이 아닐까?

● ● ●　　프로이트(Sigmund Freud, 1856~1939) | 오스트리아의 정신과 의사. '정신분석학의 아
버지'로 불린다. 마르크스, 니체 등과 함께 20세기를 뒤흔든 3대 혁명적 사상가로 꼽힌다. 저서
『꿈의 해석』을 통해 인간의 정신은 이성의 산물만이 아닌 무의식의 존재라는 인식을 통해 발현
된다고 주장하여 인간 심리학의 새로운 영역을 개척했다.

우리는 남이 가진 것을 부러워하지만,
다른 사람은 내가 가진 것을 부러워하고 있다.

– 푸블릴리우스

극심한 정체로 도로가 꼭꼭 막혔다. 도무지 앞으로 나아가지를 못한다. 그런데 웬걸. 옆 차선은 어쩐지 잘 빠지는 것 같다. 어렵게 차선을 바꿔 옆으로 들어가 본다. 어라. 이젠 원래 차선이 더 잘 나간다. 남의 떡이 더 커 보인다는 말은 이럴 때 쓰는 말이다.

서양 사람들도 똑같이 여겼나 보다. 비슷한 속담이 그들에게도 있다. '옆집 잔디는 항상 더 푸르게 보인다(The grass always looks greener on the other side of the fence)'라는.

● ● ● 푸블릴리우스(Publilius Syrus, BC85~BC43) | 고대 로마의 풍자시인. 시리아 출신의 노예였으나 그의 지혜에 감복한 주인이 자유인으로 해방시켜 주었다고 한다. 무언극으로 이름을 떨쳤으며, 교훈적인 경구를 많이 남겼다.

인무십일호人無十日好요, 화무십일홍花無十日紅이라.

– 한시漢詩 중에서

1분 생각 | **욕망의 끝**

진시황도 가고, 폭군 네로도 가고, 독재자 히틀러도 갔다. 박정희도, 후세인도, 카다피도 다 갔다. 그리고 김일성도, 김정일도 갔다. 무한 권력을 휘두르며 거칠 것 없이 살았던 그들이 었지만 손바닥만한 자기 심장 하나 멈추는 것은 막지 못했다.

김일성, 김정일 부자 동상이 북한 전역에 3만5천여 개에 달한다고 한다. 백두산과 묘향산 등 북한의 전국 명산마다 새겨진 김일성, 김정일 찬양 글귀도 4만여 개에 이른다. 이런 낙서들은 크기도 웅장해서 새겨진 바위 자체를 허물어뜨리지 않는 한 지울 수도 없다는데. 길어야 80~90년 겨우 살고 떠날 인생인 줄 알았더라면 이런 걸 새기게 했을까. 아무리 좋은 일도 열흘을 가지 못하고, 아무리 붉은 꽃도 열흘을 넘지 못하는 법이다.

● ● ● 인무십일호(人無十日好) 화무십일홍(花無十日紅) | 이 구절 뒤에 늘 따라오는 것은 '월만 즉휴(月滿則虧) 권불십년(權不十年)'이다. 달도 차면 기울기 마련이듯 권력이 좋다한들 10년을 넘지 못한다는 뜻이다. 즉 좋은 일이 끝까지 영원한 것은 아니니 항상 분수에 맞게 살며 좋은 자리, 높은 자리에 있다고 뻐기지 말고 겸손하게 살라는 말이리라.

어떠한 일을 할 때는 쉽고 어려운가,
성공하고 실패할 것인가를 살피지 말고
옳은 일인가 그른 일인가를 먼저 보아야 한다.

– 한용운

1분 생각 | 옳고 그름을 살피기

서울 성북동에 한용운이 살던 집이 있다. 소를 찾는 곳이란
뜻의 '심우장尋牛莊'이다. 일제 강점기의 조선총독부를 마주하
기 싫어서 동북향으로 지었다는 집이다. 또 조국이 감옥과 같
은데 혼자 따뜻한 방에서 지낼 수 없다며 겨울에도 아궁이에
불을 피우지 않았다고 한다. 한용운은 그런 사람이었다. 성공
과 실패를 계산하기 전에 옳고 그른 것을 먼저 살피라는 그의
일갈은 그래서 더 매섭다.

● ● ●   한용운(韓龍雲, 1879~1944) | 승려. 충남 홍성 출생. 속명은 유천, 법호는 '만해'이다.
'조선불교유신론'을 발표하여 한국 불교의 근대화를 앞당긴 견인차 역할을 하였으며, 수차례의
옥살이에도 굽히지 않는 독립운동가로서 불꽃같은 삶을 살았다. 「님의 침묵」, 「나룻배와 행인」,
「알 수 없어요」, 「복종」 등 교과서에도 실린 주옥같은 시를 남겼다.

생각 *thought*

깊고 진지하게 생각하는
사람이 되고 싶다면

어떤 사람은 "이게 뭐지?"라고 묻는다.
그러나 또 어떤 사람은 "이걸로 뭘 할 수 있을까?"라고 묻는다.

– 스티브 잡스

삶에서 문제는 답이 없는 게 아니라
답이 너무 많다는 데 있다.

– 루스 베네딕트

대학 때 좀 놀던 친구가 늘 하던 말도 비슷했다. '여자가 없는 것이 문제가 아니라 너무 많은 게 문제'라고. 그때는 정말 그럴까 싶었다. 하지만 친구의 말은 옳았다. 선각자의 눈물 어린 경험에서 우러난 힘이었다.

살다 보면 때로는 사방이 꽉 막힌 듯 암담할 때가 있다. 어디를 봐도 길은 없고 막막하기만 할 때, 우리는 좌절하고 절망한다. 내 인생은 왜 이리 안 풀리느냐고. 내 삶은 도대체 왜 이리 복잡하냐고. 그럴 때 필요한 말이 바로 이 한마디다.

답이 없어 문제가 아니라 답이 너무 많아서 문제라는 것. 고로 단순하게 생각하라. 그러면 길은 보이게 되어 있다. 어차피 먹고 자고 찌지고 볶으며 사는 게 인생이 아니던가.

● ● ●　　루스 베네딕트(Ruth Fulton Benedict, 1887~1948) | 미국인 문화인류학자. 아메리칸 인디언 종족들의 민화와 종교 연구로 컬럼비아 대학에서 박사 학위를 받았다. 일본을 가장 객관적으로 분석한 책이라는 평을 듣는 『국화와 칼』의 저자이기도 하다. 국화와 칼은 일본 문화를 상징하는 두 가지로, 이를 통해 베네딕트는 일본인이 아름다움을 사랑하고, 예술가를 존경함과 동시에 칼을 숭배하여 무사에게 최고의 영예를 돌리는 이율배반적인 민족이라고 분석했다.

전쟁을 좋아하는 국민은 망하게 마련이지만,
전쟁을 잊어버리는 국민도 위험하다.

– 박정희

　나는 박정희 시대에 태어나고 자란 박정희 키드kid다. 그렇
지만 20~30대 때는 박정희가 싫었다. 아니 싫어해야 한다고
생각했다. 철들어 읽은 글과 머리 굵어 들었던 이야기들의 영
향이었다. 하지만 좀 더 나이를 먹고서는 생각이 바뀌었다. 물
론 아직도 머리로는 박정희를 용납하지 못한다. 그렇지만 가
슴으로는 어느새 그를 받아들이기 시작한 것이다. 비록 그의
과오가 많다고는 하나 그래도 공功이 훨씬 컸다는 것을 나도
모르게 인정하고 있는 것이다. 조국과 민족을 생각하게 하는
그의 말과 일화들은 늘 가슴을 뭉클하게 하는 뭔가가 있다. 누
가 뭐라고 하든.

● ● ●　박정희(朴正熙, 1917~1979) | 군인, 정치가. 대통령. 일제 때 사범학교를 졸업한 후 교사
로 근무하다가 만주군관학교와 일본 육사를 졸업하고 만주군 중위가 되었다. 해방 후 한국군이
되었고, 1961년 육군 소장으로 5·16 군사정변을 주도했다. 1963년 제5대 대통령에 당선됐고,
1967년 재선된 후 장기 집권을 위해 3선 개헌을 통과시켰다. 1972년에는 국회 및 정당을 해산
하고 계엄령을 선포하여 '유신시대'를 열었다. 새마을운동으로 농어촌 근대화에 박차를 가했고,
제5차 경제개발 계획의 성공적 완성으로 한국의 절대 빈곤을 해결했지만 독재자의 오명을 벗지
는 못했다. 1979년 10월 26일 중앙정보부장 김재규의 저격으로 역사의 무대에서 내려왔다.

현명한 사람은 고민하는 것이
효과가 있을 때에만 고민한다.

– 버트런드 러셀

해결되지도 않을 걱정 밤낮 해봐야 뭐 하겠노. 머리만 더 아프겠지. 머리 아프다고 두통약 사 먹겠지. 좋은 말씀, 좋은 생각, 밤낮 묵상하면 또 뭐 하겠노. 행동이 달라지지 않고 삶이 달라지지 않는다면 다 쓸 데 없겠지. 이럴까, 저럴까 망설이다 심신이 고달파지겠지. 아니지. 답이 있지. 고민은 짧게, 결정은 신속하게. 그리고 한 번 결정한 것은 번복하지 않는 것.

● ● ● 버트런드 러셀(Bertrand Russell, 1872~1970) | 영국의 철학자, 수학자, 사회평론가. 하루 평균 3,000단어 이상의 글을 썼다. 40여 권의 책을 저술했고, 1950년 노벨문학상을 탔다. 스스로를 무정부주의자, 좌파, 회의적 무신론자로 규정했다. 노년에는 반핵 평화운동에도 열성을 보였다. 『수학의 원리』, 『라이프니츠 철학에 대한 비판적 해설』, 『서양철학사』, 『결혼과 성』 등을 썼으며, 『나는 왜 크리스천이 아닌가』라는 책으로 종교 논쟁의 불을 지피기도 했다.

세상은 있는 그대로 보이는 것이 아니라
내가 보는 대로 존재한다.

– 쇼펜하우어

어떻게 볼 것인가

세상은 다면적이다. 모든 것을 다 볼 수는 없다. 그래서 선택이 중요하다. 어떻게 볼 것인가? 어디를 볼 것인가? 나만의 관점을 세워야 한다. 어떤 바람에도 흔들리지 않을 확고한 주장을 가져야 한다. 그러지 않으면 휘둘리고 만다.

정치판? 온갖 주장들이 난무한다. 왼쪽에 서면 왼쪽만 보인다. 그 반대도 마찬가지다. 남의 의견을 내 것인 양 퍼 나르다가는 평생 헛것만 보고 살아야 한다. 내 눈으로, 내 생각으로 보는 것이 진짜 세상이다.

● ● ●　쇼펜하우어(Arthur Schopenhauer, 1778~1860) | 독일 철학자. 헤겔을 중심으로 한 독일 관념론이 맹위를 떨치던 19세기 초반, 이에 맞서 의지의 철학을 주창한 것으로 유명하다. 칸트의 인식론과 플라톤의 이데아론, 인도철학의 범신론에서 많은 영향을 받았다. 니체를 거쳐 생의 철학, 실존철학, 인간학 등에 영향을 미쳤다. 지독한 염세주의자이자 여성 혐오자로 알려져 있다.

어떤 사람은 "이게 뭐지?"라고 묻는다.
그러나 또 어떤 사람은 "이걸로 뭘 할 수 있을까?"라고
묻는다.

– 스티브 잡스

1분 생각 | **생각의 차이**

"Think different(남들과 똑같이 생각하지 마라)."

미래를 읽는 천재 스티브 잡스가 직원들에게 항상 강조했다는 말이다. 그의 애플 신화는 여기서 나왔다.

그냥 "이게 뭐지?"라고 묻는 사람은 이미 생각이 굳은 사람이다. 대신 "이걸로 뭘 할 수 있을까?"라고 묻는 사람은 아무리 나이가 많아도 젊은이다. 똑같은 것을 보고도 남다르게 생각하는 것, 그것이 호기심이다. 그것이 젊음이다.

● ● ●　스티브 잡스(Steve Jobs, 1955~2011) | **첨단 IT기업 '애플' 신화를 창조한 유명 CEO.** 현대 디지털 커뮤니케이션 산업에서 놀라운 혁명을 일으킨 창조적 기업가이자 기술과의 소통 방식을 바꾼 미디어 혁명가로 평가받는다. 혁신의 대명사로 불린 그가 남긴 또 다른 말은 이것이다. "위대한 일을 하는 유일한 방법은 그 일을 사랑하는 것이다(The only way to do great work is to love what you do)." "늘 갈망하라. 그리고 우직하게 나아가라(Stay Hungry, Stay Foolish)."

눈 덮인 들판 함부로 어지럽게 걷지 마라.
오늘 내가 남긴 발자국은
훗날 뒷사람의 이정표가 되리니.

— 서산대사

1분 생각 | 앞 사람이 걸어간 길

충남에 터를 잡고 사는 막역한 친구가 있다. 그 덕에 가끔
산행삼아 함께 들르곤 하던 절이 있었다. 공주의 '마곡사'라는
절이다. 유서 깊은 사찰이지만 김구 선생이 일본 경찰을 피해
몸을 숨겼던 곳으로 더 유명해진 곳이다. 그 절에 김구 선생의
친필 휘호가 있다. 평소 김구 선생이 좌우명으로 삼았다는 서
산대사의 이 한시다.

踏雪夜行去 不須胡亂行 今日我行跡 遂作後人程
(답설야중거 불수호란행 금일아행적 수작후인정)

읽을수록 섬뜩해진다. 무심코 내뱉는 내 말 한마디, 아무
생각 없이 하는 내 작은 행동 하나라도 누군가는 그대로 따라
할 수도 있다는 말 아닌가.

● ● ●　서산대사(西山大師, 1520~1604) | 조선 중기의 고승. '서산'은 호이며, '휴정(休靜)'이라는
이름으로, 또 사명대사의 스승으로 알려져 있다. 임진왜란 때는 73세의 노구로 승병을 이끌고
참전, 한양 수복에 공을 세웠다. 유(儒)·불(佛)·도(道)는 궁극적으로 일치한다고 주장하여 삼교
통합론(三敎統合論)의 기초를 닦아 놓았다.

유행은 유행에 뒤떨어질 수밖에 없다.

– 샤넬

유행에 열광하는 사람들

나라가 좁아서일까? 한국은 지나치게 유행에 민감하다. 노스페이스 잠바가 거의 모든 중고생의 교복이 되는 나라, 모피가 유행이면 빚을 내서라도 모피를 사 입어야 하는 나라, 뭐 하나가 좋다 하면 앞뒤 물 불 안 가리고 따라해야 하는 나라가 한국이다. 그런 무개념, 몰개성, 비상식이 아무런 저항 없이 그대로 용납되는 사회는 불안하다. 유행은 유행에 뒤떨어질 수밖에 없다는 수십 년 전의 이 말이 왠지 요즘의 한국을 겨냥한 조롱이었던 것만 같다.

● ● ● 샤넬(Gabrielle Chanel, 1883~1971) | 프랑스의 패션 디자이너. 본명은 '가브리엘 샤넬'이며, '코코(Coco)'라는 별칭으로 잘 알려져 있다. 간단하고 입기 편한 옷을 모토로 삼아 답답한 옷이나 장식성이 많은 옷으로부터 여성을 해방시켰다. "진정으로 럭셔리한 스타일이라면 편해야 한다. 편하지 않다면 럭셔리한 것이 아니다."라고 했던 그녀의 말도 공감을 자아낸다.

시간이 지나면 부패되는 음식이 있고,
시간이 지나면 발효되는 음식이 있다.
인간도 마찬가지다.

— 이외수

부패와 발효는 화학적으로는 같은 현상이다. 그 작용을 일으키는 균의 종류와 그로 인해 나오는 부산물이 다를 뿐이다. 발효의 부산물은 인간에게 유익한 것들이다. 요구르트, 김치, 젓갈, 메주, 치즈 등. 하지만 부패의 부산물은 독이다. 악취가 나고 독소를 생성한다. 그래서 발효는 익는다고 했고, 부패는 썩는다고 했다. 이를 사람에게 적용한 작가의 혜안이 놀랍다.

나에게 묻는다.

'나는 발효 인간인가, 부패 인간인가?'

좀 더 노골적으로 다시 묻는다.

'나는 익은 사람인가, 썩은 인간인가?'

● ● ● 이외수(李外秀, 1946~) | 소설가. 경상남도 함양 출생. 춘천교대를 중퇴했다. 1972년 강원일보 신춘문예에 당선됐고, 1973년 중편소설 「훈장」이 「세대」지에서 신인문학상을 받으면서 주목받기 시작했다. 150만여 명의 팔로워를 거느린 '트위터 대통령'으로 불린다. 「들개」, 「겨울나기」, 「장수하늘소」, 「벽오금학도」 등의 작품이 있고 다수의 산문집과 우화집을 펴냈다.

아주 많은 실수를 저지른 것이 아니라면,
옳은 선택 몇 개만으로도 인생은 성공할 수 있다.

– 워렌 버핏

1분 생각 | **실수의 만회법**

　주식투자 달인의 절절한 경험이 배인 한마디다. 인생 모든 분야에까지 확대 적용할 수 있는 촌철살인의 명언이기도 하다.

　우리가 매번 옳은 선택을 할 수는 없다. 투자의 귀재라는 버핏도 실수로 큰 손해를 본 적이 많았다. 하지만 그는 더 큰 성공으로 그 실수를 만회했고, 미국 최고의 부자가 될 수 있었다. 중요한 것은 실수에 얽매여 나아가지 못하는 것보다는 옳은 선택에 대해 집중하고 매진하는 것이다.

● ● ●　워렌 버핏(Warren Buffett, 1930~) | 미국의 주식투자가. 1956년 100달러로 주식투자를 시작한 이후 미국 최고 갑부의 반열에 올랐다. 가치 있는 주식을 발굴해 매입하여 장기간 보유하는 것으로 유명하다. 고향 네브래스카 주 오마하를 거의 벗어나지 않지만 주식시장의 흐름을 정확히 꿰뚫는다고 해서 '오마하의 현인'으로도 불린다. 투자 성공을 위한 버핏의 10계명은 다음과 같다.
1. 이자를 재투자하라. 2. 차별화 하라. 3. 스스로 기회를 찾아 나서라. 4. 거래 전에 계약서를 꼼꼼히 살펴라. 5. 작은 지출을 조심하라. 6. 빌리는 데 한계를 두어라. 7. 끈질기게 밀어 붙여라. 8. 그만두어야 할 때를 알아라. 9. 위험을 평가하라. 10. 무엇이 진정한 성공인지 질문하라.

당신이 내려놓으면 하나님이 움직이신다.

– 이용규

사람은 누구나 더 소유하기를 원한다. 이런 모습이 어리석다는 것을 우리는 안다. 하지만 쉽게 집착을 떨치지 못한다. 무소유의 가치도 이미 깨달았고, 비움의 미학도 익히 알지만 실천하지 못한다.

하지만 참 신앙인이 위대한 까닭은 그렇지가 않다는 데 있다. 세상 진리는 내려놓으면 모두 빼앗긴다고 가르친다. 하지만 내려놓을 때 오히려 그 모든 것이 온전한 내 것이 된다고 종교는 가르친다. 『내려놓음』이란 책은 이런 경험을 기술한 책이다. 그 체험적 결론이 곧 '당신이 내려놓으면 하나님이 움직이신다.' 였다.

● ● ●   이용규(1967~) | 기독교 선교사. 서울 출생. 서울대학교 동양사학과와 동 대학원을 졸업하고 하버드 대학에서 '중동지역학 및 역사학'으로 박사 학위를 받았다. 학위를 받자마자 안락한 미래의 보장을 내려놓고 몽골 지역 선교사로 헌신했으며, 최근에는 사역지를 인도네시아로 옮겼다. 기독교 베스트셀러 『내려놓음』, 『더 내려놓음』, 『같이 걷기』의 저자이다.

과거가 영원히 변하지 않는다는 것은 나쁜 소식이지만,
미래가 아주 다양한 모습으로
우리 손 안에 있다는 것은 좋은 소식이다.

– 앤디 앤드루스

1분 생각 | 더 나은 미래가 있다는 희망

과거는 '히스토리History', 미래는 '미스터리Mystery'라고 했
다. 오직 지금 현재만이 선물이라는 말이다. 하지만 과거가 영
원히 변하지 않는다는 것이 때론 좋은 뉴스일 수도 있다. 되돌
리고 싶지 않은 지난 날, 기억하고 싶지 않은 지난 시간들을
다시 만난다면 얼마나 끔찍할까.

대신 아직 오지 않은 미래가 내 하기에 달렸다는 것은 훨씬
더 신나는 일이다. 현재의 어려움을 이겨낼 수 있는 힘도 불확실
한 미래, 아니 더 나은 미래에 대한 희망에서 나오는 법이니까.

● ● ●　앤디 앤드루스(Andy Andrews, 1959~) | 미국 작가. 2002년 출간된 『폰더 씨의 위대
한 하루』로 세계적인 작가가 됐다. 소설가, 방송인, 그리고 세계적인 컨설팅 회사의 인기 연사
로 활동하고 있다. '폰더 씨' 시리즈 외에도 자기개발에 관한 여러 책을 썼다. 『폰더 씨의 위대
한 하루』에 나오는 기억하고 싶은 또 다른 한마디. '어려움을 당했을 때도 웃을 수 있는 사람이
진정 위대한 사람이다. 그런 사람은 낙담이나 좌절이라는 말을 알지 못한다.'

어떤 사람은 아름다운 장미꽃에
가시가 있다고 불평하지만, 나는 쓸데없는
가시나무에 장미가 핀다는 것에 대해 감사한다.

– 알퐁스 카

1분 생각 | **긍정의 힘**

2012년 12월 어느 날 저녁, 아이가 교통사고를 당했다. 퇴근길에 응급실로 실려 갔다는 연락을 받고 눈앞이 깜깜했다. 아이 엄마와 함께 병원으로 달려가 보니 아이가 누워 있었다. 온몸이 찰과상에 타박상이었다. 무릎을 다쳐 걸을 수 없었고, 팔뼈가 상해 움직일 수도 없었다. 그래도 맨 몸으로 자동차랑 부딪혔는데 이만한 게 어디냐 싶었다.

긍정이냐, 부정이냐. 감사냐, 불평이냐. 만사는 내가 어떻게 보느냐에 달렸다는 것. 그때 다시 배운 교훈이 이것이다. 물이 반쯤 있는 물 잔을 보고 반밖에 남지 않았다며 푸념할 수도 있고, 반이나 남았다며 기뻐할 수도 있다. 이왕이면 기쁘게, 긍정적으로. 그게 살아가는 지혜다.

● ● ●   알퐁스 카(Alphonse Karr, 1808~1890) | 프랑스 작가, 비평가, 저널리스트. 본명은 장 밥티스테 알퐁스 카(Jean-Baptiste Alphonse Karr). "바꿀수록 똑같아진다(The more things change, the more they are the same)."라는 유명한 말을 남겼다.

꿈은 머리로 생각하는 게 아니라 가슴으로 느끼고,
손으로 적고, 발로 실천하는 것이다.

– 존 고다드

목표는 불가사의한 힘이 있다. 목표는 사람이 세우지만 거꾸로 목표가 사람을 이끌기도 한다. 거창하고 화려한 것만 목표인 것은 아니다. 남에겐 보잘 것 없지만 나에겐 소중한 것들도 얼마든지 목표가 될 수 있다.

죽기 전에 꼭 해보고 싶은 것을 적은 목록을 '버킷리스트 bucket list'라고 한다. 나의 버킷리스트는 무엇일까? 아이와 함께 데스밸리 사막의 밤하늘 별 보기, 마당 있는 집에서 텃밭 가꾸기, 미국 대륙 횡단하기, 하모니카 배우기 등이 얼핏 떠오른다. 언제, 어떻게 다 할까 걱정일랑 말자. 설령 하나도 이루지 못한들 어떠리. 당장 할 수 있어서가 아니라 하지 못하기 때문에 꾸는 것이 꿈인 것을.

● ● ●　　존 고다드(John Goddard, 1925~) | 미국 작가. 인류학자이자 탐험가. 15세 때 자신의 삶에서 행하기를 원하는 127가지의 목표를 기록하고 평생 동안 실천했다. 그의 버킷리스트 이야기가 「내셔널 지오그래픽」, 「라이프」, 「리더스 다이제스트」 등 여러 잡지에 소개되면서 많은 사람들에게 새로운 꿈을 심어 주었다.

20대에 진보적이지 않으면 심장이 없는 사람이고,
40대에 보수적이지 않으면 머리가 없는 사람이다.

– 처칠

1분 생각 | 보수와 진보

『열린사회와 그 적들』을 쓴 칼 포퍼(1902~1994)도 비슷한 말
을 했다. "20대에 사회주의자가 되어 보지 않은 자는 가슴이
빈 자다. 하지만 20대가 지나서도 여전히 사회주의를 신봉하
는 자는 머리가 빈 자다."

우리는 매 순간 무엇인가를 선택하며 산다. 그리고 일단 선
택을 하고 나면 그것을 부정하거나 반대되는 정보는 무시하려
든다. 나이가 들수록 점점 더 새로운 것을 받아들이기 어려운
이유이고, 나이를 먹을수록 점점 더 보수적이 되는 까닭이다.
그러니 나이 생각 않고 '너는 보수, 나는 진보' 해가며 무조건
상대를 몰아세울 일은 아니다.

● ● ●   처칠(Winston Leonard Spencer Churchill, 1874~1965) | 영국의 정치가. 2차 세계대전
중 영국을 이끌며 미국의 루스벨트, 소련의 스탈린과 더불어 전쟁 수행의 최고 정책을 지도했
다. 종전 후 반소(反蘇) 진영의 선봉에 섰으며, 1946년 '철의 장막'이라는 신조어를 만들어 내기
도 했다. 1953년 『2차대전 회고록』으로 노벨문학상을 받았다.

어떤 가치나 목적에 강한 믿음을 갖고 있으면,
역사를 부정직하게 서술하거나 왜곡시킬 수 있다.

– 하워드 진

역사는 해석이다. 보는 사람의 경험과 지식, 관점에 따라
달라질 수밖에 없다. 그러기에 100% 객관적인 역사란 없다.
다만 정확하게, 객관적으로 보려고 노력할 뿐이다.

역사는 종교와 같다. 나만 옳고, 나만 정당하다고 생각하는
순간 마찰이 생긴다. 박정희 시대 평가, 친일 문제, 이념 갈등
등 한국 현대사를 둘러싼 논쟁이 접점 없이 평행선으로만 이
어지는 것도 그래서이다. 열린 마음으로 역사를 보는 것, 아전
인수 해석을 피하는 길은 그나마 이것뿐이다.

● ● ●   하워드 진(Howard Zinn, 1922~2010) | 미국의 역사학자. 정치학자이자 사회운동가. 노
암 촘스키와 함께 미국 현대사의 양심으로 불렸던 실천적 지식인으로, 반전·평화·인권운동에
평생을 바쳤다. 미국의 이라크 침공 등을 강력히 비판했으며, 이명박 정부 시절 한국 내 반민주
적 탄압 중단을 요구하는 공동성명에 참여하기도 했다. 저서로는 『미국 민중사』, 『오만한 제국』,
『살아있는 미국 역사』 등이 있다.

내가 만약 고객의 의견에만 귀를 기울였다면,
자동차 대신 더 빠른 말을 만들었을 것이다.

– 헨리 포드

1968년 멕시코 올림픽 높이뛰기 결승전. 사람들은 발레리 브루멜의 우승을 의심치 않았다. 그는 종전 자신의 기록보다 4cm나 높은 2m 22cm를 넘어 세계 신기록을 갱신했다. 그런데 2m 24cm를 넘어 우승한 선수가 있었다. 딕 포스베리Dick Fosbury였다. 그의 신기록은 아무도 생각하지 못한 새로운 방식에 의해 탄생했다. 바를 넘을 때 몸을 뒤로 뉘어 허리를 활처럼 휘어서 넘는 '배면뛰기' 기술이었다. 누워서 넘는다는 것은 들지도 보지도 못한 일이었기에 모두가 충격을 받았다.

획기적인 도약과 발전은 모든 사람들이 지금까지 계속해 왔던 방식에서 과감히 벗어나는 데서 나온다. 세상을 바꾸고, 시장을 바꿨던 역사적인 빅 히트 상품들도 모두 이런 발상의 전환에서 나왔다.

● ● ●　헨리 포드(Henry Ford, 1863~1947) | 미국의 기업인. '자동차왕'으로 불린다. 세계적인 자동차 회사 포드의 창업자이다. 근대적 대량 생산 방식을 도입하여 자동차를 대중화시킴으로써 자동차 시대를 개척했다. 『오늘과 내일』, 『나의 산업철학』 등의 저서가 있다.

굽은 나무가 선산을 지킨다.

– 한국 속담

옛날엔 그랬다. 하지만 요즘 선산을 지키는 것은 쭉쭉빵빵 곧은 나무들이다. 정원수와 조경수로 개성 있는 굽은 나무들이 오히려 더 잘 팔리기 때문이다. 한옥이 사라지면서 곧은 나무도 더 이상 한옥 목재로 쓰이지 않는 까닭도 있다.

나무만 그럴까? 못 생기고 볼품없는 사람도 개성으로 얼마든지 한 몫 할 수 있는 시대가 됐다. 좀 못 생겼으면 어떤가. 키 좀 작으면 또 어떤가. 내가 가진 것으로 밥값하며 살 수 있다면 그것으로 감사할 일 아닌가.

● ● ● 속담(俗談, proverb) | 옛날부터 전해 내려온 풍자나 비판, 교훈 등을 간직한 짧은 한마디. 생활의 윤활유 역할을 하지만 격언이나 잠언, 금언에 비해 깊이가 없다는 것이 특징이다. 서민 생활 속에서 만들어진 것이 많으나 고전이나 고사성어에서 유래된 것도 있다. 간결하고 표현이 생생해 대화나 문장에 잘만 사용하면 큰 효과를 올릴 수 있다. 단, 남용하면 상투적인 말이 될 수도 있으니 조심할 것.

배움 *learning*

자신의 부족함을
채우고 싶다면

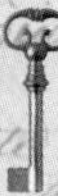

오늘 배우지 않았으면 내일이 있다 말하지 말고,
올해 배우지 않았으면 내년이 있다고 말하지 말라.

– 주희

배우고 때로 익히면 기쁘지 아니한가.

– 공자

| **성공한 인생**

공자는 평생 제대로 된 벼슬 한 번 해 보지 못했다. 하지만 그는 인류 역사상 그 어떤 사람보다 존경받는 인물이 됐다. 그 비결이 『논어論語』 첫 세 구절에 나타나 있다. 첫째, 배우고 때로 익히는 데서 오는 기쁨(學而時習之학이시습지 不亦悅乎불역열호)을 누리는 것이다. 다음은 뜻이 맞는 벗을 만나는 즐거움(有朋自遠方來유붕자원방래 不亦樂乎불역락호)을 놓치지 않아야 한다. 그리고 세 번째로 남이 나를 알아주지 않더라도 전혀 개의치 않아야 한다. 이런 사람이 바로 군자(人不知而不慍인부지이불온 不亦君子乎불역군자호)인 것이다.

나이 50이 되고 보니 비로소 이 구절들에 고개가 끄덕여진다는 사람이 많다. 그러고 보니 우리 삶도 이 세 가지의 실현 여부로 성공과 실패가 판가름 날 수 있지 않을까 싶다.

●●● 공자(孔子, BC 551~BC 479) | 중국 춘추시대 말기 노(魯)나라(지금의 산동성 곡부)에서 출생했다. 성은 공(孔) 씨이고, 자는 중니(仲尼), 이름은 구(丘)이다. 공자의 '자(子)'는 존칭이다. 인의예지신(仁義禮智信)을 강조한 유교의 창시자로, 중국 및 동양 사상의 원류로 추앙받고 있다. 예수, 석가, 소크라테스와 함께 인류의 4대 스승으로 꼽힌다.

책은 현존하는 타임머신이다.

- 김제동

책은 친구다. 함께 있어 재미있고, 더불어 지식과 정보도 얻을 수 있다. 책은 도둑이다. 나의 생각, 나의 시간, 나의 에너지까지 다 빼앗아 가기 때문이다. 하지만 두 배, 세 배로 돌려주는 착한 도둑이다. 책은 애인이다. 빠져드는 순간 또 보고 싶고, 만지고 싶고, 언제나 함께하고 싶어지기 때문이다.

책은 과거이자 미래다. 타임머신이 발명되지 않은 이상 이순신 장군이나 세종대왕을 만나볼 수는 없다. 소크라테스도 공자도 알 수 없고, 링컨이나 아인슈타인의 이야기도 들을 수 없다. 책이 없다면 어떻게 그 먼 옛날로, 그 아득한 미래로 우리의 생각을 옮겨 갈 수 있을까? 그래서 책은 타임머신이다.

● ● ● 김제동(1974~) | 방송인. 경북 영천 출생. 재치 있는 입담과 특유의 소통철학으로 유명하다. 성공회대학교에서 신문방송학을, 계명문화대학에서 관광학을 전공했다. 따뜻하면서도 유쾌한 말솜씨, 소신을 잃지 않는 모습으로 국민적 사랑을 받고 있다. 『김제동이 만나러 갑니다』, 『김제동이 어깨동무합니다』 등의 저서가 있다.

그대가 반드시 익혔으면 하는 단 하나의 역량을 들라면,
나는 주저 없이 글쓰기 능력을 들고 싶다.

– 김난도

사회생활을 조금만 해 보면 금세 느낄 수 있다. 가장 쉽게 돋보일 수 있는 능력이 '글쓰기'라는 것을. 그렇다고 다 소설가나 시인이 되라는 말이 아니다. 멋진 창작을 하라는 것도 아니다. 보고서나 이메일, 기획서, 감상문, 독후감, 그리고 신문 독자투고 같은 실용적인 글쓰기다. 물론 그냥 되지는 않는다. 우선은 이것저것 많이 읽어야 한다. 때론 정독도 필요하다. 무릎을 칠만한 색다른 표현, 내 머리로는 도저히 떠올릴 수 없는 기발한 생각들을 만나면 밑줄도 그어야 한다. 그리고 씹어 음미해야 한다. 가장 중요한 것은 써 보는 것이다. 요즘처럼 휘휘 날리는 140자 단문으로는 어림없다. 이메일도, 카톡도, 메시지도 가능하면 길게 써 버릇해야 한다. 키보드를 두드린다고 전부 다 글이 되는 것은 아니다.

● ● ● 김난도(1963~) | 서울대학교 소비자학과 교수. 젊은 세대들을 위한 멘토의 글을 모은 『아프니까 청춘이다』를 집필하여 200만 부 이상 팔리면서 밀리언셀러 작가 반열에 올랐다. 그밖에 에세이집 『천 번을 흔들려야 어른이 된다』, 『트렌드 2013』 등의 저서가 있다.

배우기만 하고 생각하지 않으면 얻음이 없고,
생각만 하고 배우지 않으면 위험하다.

– 『논어』

1분 생각 | **조화와 균형**

생각 없는 배움은 탁상공론의 어머니요, 배움 없는 생각은
단순 무식의 아버지다. 배움은 실천을 전제로 한다. 또 실천은
하되 사리에 맞아야 한다. 얄팍한 지식을 맹목적으로 적용시
키려 드는 것만큼 위험한 것은 없다. 교조주의, 원리주의, 극
단주의는 모두 이러한 무모함의 산물이다.

새는 좌우의 날개로 난다고 했다. 학문도 마찬가지다. 세
상 모든 일에 조화와 균형이 필요함을 한 번 더 일깨워 주는
구절이다.

● ● ●　『논어(論語)』| 고대 중국 사상가 공자(孔子)의 가르침을 전하는 유교의 최고 경전. 공자
와 그의 제자들이 주고받은 문답을 주로 담고 있으며, 공자의 발언과 행적 등 인생의 교훈이 되
는 말들이 간결하고도 함축성 있게 기록되어 있다. 모두 20편으로 나뉘어 있고, 각 편의 머리 두
글자를 따서 편명으로 삼고 있다. 예컨대, 첫 편인 「학이(學而)」는 '학이시습지불역열호(學而時習之
不亦說乎)'에서 따 왔다. 편찬자에 대해서는 공자의 제자 등 여러 가지 설이 있다. 중국 고전에 대
한 관심, 기업들의 고전 읽기 바람에 편승해 요즘 한국에서 자기개발서로 다시 주목받고 있다.

학문하는 자세의 첫째는 호기심이 있어야 하고,
둘째는 자존심이 있어야 하며,
셋째는 고독을 즐길 줄 알아야 한다.

– 도올 김용옥

1분 생각 | 학문하는 태도

1980년대 후반, 도올이 쓴 책을 처음 만났을 때의 충격과 당혹감을 잊을 수 없다. 『동양학이란 무엇인가』, 『여자란 무엇인가』라는 두 권의 책이었다.

그는 기성의 질서와는 거리가 먼 고독한 지식인이었다. 늘 '독선적이다', '돈키호테다' 같은 비판도 받았지만, 학문하는 태도에 관한 그의 주장은 누구도 반론을 제기하지 못할 명언이다. 한없이 가벼운 시대, 천재적 철학자의 고뇌와 성찰이 담긴 일침이자 탄식에 우리 모두 귀 기울여 보았으면 한다.

● ● ● 김용옥(金容沃, 1948~) | 철학자이자 교수, 한의사, 언론인. 충남 천안 출생. '도올'은 그의 호. 고려대학교 생물과와 한국신학대학을 거쳐 고려대학교 철학과로 편입해 동서양 고전을 섭렵했다. 이후 국립대만대학, 일본 도쿄대학에서 석사 학위를 받았으며, 미국 하버드대에서 박사 학위를 받았다. 1999년 EBS의 「노자 강의」를 시작으로 KBS, MBC, SBS에서 행한 200여 회의 고전 강의는 고등한 학문의 세계를 일반 대중의 삶의 가치로 전환시키는 데 큰 기여를 했다. 60여 권의 저서를 집필했다.

글을 쓴다는 것은 우상偶像에 도전하는 행위다.

― 리영희

| 글을 쓴다는 것

　진실을 위해 평생을 분투했던 사람, 내 기억 속의 리영희 선생이다. 그의 책『전환시대의 논리』를 읽고『우상과 이성』에 매료되며 1980년대를 보냈던 젊은이들에게 그는 어떻게 살아야 하는지를 끊임없이 일깨워 준 매서운 스승이었다.

　글을 쓰고, 다듬는 일로 20여 년을 살아온 나는 글을 쓰는 유일한 목적이 '진실 추구'였다고 갈파한 선생의 말씀 앞에 언제나 부끄러움을 느낀다. 글은 과연 나에게 얼마나 진실을 밝히기 위한 도구였던가.

● ● ●　리영희(李泳禧, 1929~2010) | 사회운동가, 교수. 평안북도 출생. '실천하는 지성', '진보 세력의 거목'으로 불리며 한국의 민주화 운동에 사상적 기여를 한 것으로 평가받는다. 1950년 한국해양대를 졸업한 후 합동통신 외신부 기자, 조선일보, 합동통신 외신부장을 역임했다. 한양대 교수로 재직하던 중 박정희, 전두환 정권에 의해 두 차례나 해직되었다가 복직했다. 저서로는『전환시대의 논리』,『우상과 이성』,『새는 좌우의 날개로 난다』등이 있다.

가장 높이 나는 새가 가장 멀리 본다.

– 리처드 바크

"너는 정말 날고 싶니?" "네, 날고 싶어요." "날고 싶다면 너는 갈매기 떼를 용서하고 많은 것을 배워서 동료들에게 돌아가 그들이 나는 것을 도와주어야 한다. 높이 나는 새만이 멀리 볼 수 있단다."

소설 『갈매기의 꿈』에 나오는 이야기다. 고교 시절에 읽은 이 대목은 두고두고 내 삶을 깨우는 워낭소리가 됐다. 무작정 먹이만 찾는 보통 갈매기처럼 살지는 말라고. 주인공 갈매기처럼 좀 더 높이 날아 좀 더 멀리 보며 살아보라고.

하지만 돌아보면 한 순간도 높이 날았던 적은 없었던 것 같다. 멋지게 하늘을 비상하는 꿈만 꾸었지, 정작 주인공 갈매기처럼 나는 연습은 제대로 하지 않았기 때문이었다.

● ● ●   리처드 바크(Richard Bach, 1936~) | 미국 소설가. 평생을 비행기 조종사로 살았다. 밤 바닷가를 산책하던 중 이상한 소리를 듣고 강한 영감을 받아 집필했다는 우화소설 『갈매기의 꿈(Jonathan Livingston Seagull)』으로 일약 세계적인 명성을 얻었다. 철학적인 정신세계를 가진 주인공 갈매기가 일상에서 벗어나 높이 날아오른다는 내용을 담은 이 소설은 1970년 출간 당시 베스트셀러 『바람과 함께 사라지다』의 판매 기록을 깨는 등 큰 인기를 얻었다.

소설은 사람의 영혼에 영향을 주는 것이지
사회문제 선언서가 아니다.

– 모옌

소설은 사회문제 선언서가 아니라는 말에 찔끔할, 아니 반박하고 싶어 할 작가들이 참 많겠다는 생각이 든다. 특히 선거철만 되면 특정 정당의 편에 서서 선거운동에 온몸을 내던지는 작가들.

문학은 치유제다. 팍팍한 현실에 대한 위안이다. 문학은 때론 고발장이다. 일그러진 사회를 향한 성난 외침이다. 삶의 위안을 얻기 위해 문학을 찾는 사람이 있는가 하면 무엇인가 낯설고 불편한 것을 만나고 싶어 시나 소설을 읽는 사람도 있다. 문학의 역할이 그만큼 다양하다는 말이겠다. 그럼에도 나는 '작가는 언제나 작품으로 말해야 한다'는 명제만은 바뀔 수 없다고 믿는다.

● ● ●   모옌(莫言, 1955~) | 중국 국적자로는 최초로 2012년 노벨문학상 수상자로 선정됐다. 본명은 관모예(管謨業). '모옌'은 말을 않는다는 뜻의 필명으로서 글로만 말하겠다는 결심에서 지었다고 한다. 1978년에 첫 소설을 쓰기 시작한 이후 1980년대 중반부터 주요 작가 대열에 올랐다. 1987년 작품 『홍까오량 가족』은 장이모우 감독의 영화 「붉은 수수밭」으로 제작되어 세계적인 명성을 얻었다.

나에게는 꿈이 있습니다. 내 아이들이 언젠가는
피부색을 기준으로 평가받지 않고 인격에 따라
대우받는 나라에서 살게 되리라는 꿈입니다.

― 마틴 루터 킹

_{1분 생각} **우리가 풀어야 할 숙제**

뉴욕 롱아일랜드에서 6년을 살았다. 주민들은 대부분 백인. 그들 틈바구니에서 동양인으로서 아이를 키우며 산다는 것이 얼마나 대단한 인내와 분투를 필요로 하는지는 경험해 보지 않으면 모른다. 그래도 동양인은 낫다. 흑인이나 라틴계에 대한 보이지 않는 차별은 여전하다.

미국은 다인종 사회다. 킹 목사 같은 사람의 노력에 힘입어 피부색에 따른 차별은 적어도 제도적으로, 법적으로는 없어졌다. 하지만 킹 목사의 꿈은 여전히 진행형이다.

한국은? 외국인 이주자가 100만 명을 넘었다. 다문화 사회가 극복해야 할 똑같은 문제들, 이제 우리에게 던져진 숙제다.

● ● ●   마틴 루터 킹(Martin Luther King Jr., 1929~1968) | 미국의 민권운동가이자 목사. 보스턴 대학에서 신학박사 학위를 받았다. 1963년의 워싱턴 대행진을 비롯한 수많은 민권운동을 이끌어 공민권법, 투표권법의 성립을 촉진시켰으나 1968년 멤피스에서 암살당했다. 1964년에 노벨평화상을 받았다.

어려운 글은 심오한 글이 아니라 못쓴 글이다.

– 마광수

신문사 신입기자들이 처음 듣는 말이 있다. 기사는 딱 중학생 수준으로 써야 한다는 말이 그것이다. 허세부리지 말고 쉽게 쓰라는 말이다. 기사만 그런 게 아니다. 그런데 이게 잘 안 된다. 책 좀 읽었다는 사람, 공부 좀 했다는 사람의 글은 특히 더 그렇다. 전문 용어가 들어가야 하고, 장황한 부연 설명이 뒤따라야 하고, 어려운 한자어와 영어가 섞여야 한다고 생각한다. 거기까지는 또 괜찮다. 괜히 멋을 부리다 문장이 뒤섞이고, 어법에도 맞지 않는 엉터리 글이 되기도 한다.

문장은 짧게, 표현은 쉽게, 논지는 명확하게. 이것이 내가 찾은 결론이다. 하지만 쉽지가 않다. 써 놓고 보면 어설픈 현학과 허세가 묻어 있다. 그럴 때마다 떠올리는 경구가 이것이다.

'어려운 글은 못쓴 글이다.'

● ● ● 　마광수(1951~) | 국문학자이자 대학교수, 작가. 서울 출생. 연세대학교 국어국문학과를 졸업했다. '나는 야한 여자가 좋다'를 표방하며 한국 문학의 지나친 교훈성과 위선을 적나라하게 풍자했다. 대표작으로 시집 『가자, 장미여관으로』와 소설집 『광마일기』, 『즐거운 사라』 등이 있으며, 평론집으로 『윤동주 연구』, 『카타르시스란 무엇인가』 등이 있다.

읽을 가치가 있는 글을 쓰든지
아니면 글을 쓸 가치가 있는 행동을 하라.

– 벤자민 프랭클린

1분 생각 | **글과 인격**

　인문학 바람이 불어 닥친 이래 글쓰기 강좌가 유행이다. 글쓰기 요령을 기술한 책들도 수십 종에 이른다. 하지만 쓴다고 다 글이 되는 것은 아니다. 정말 중요한 것은 어떻게 쓰느냐보다 무엇을 쓰느냐다. 글은 인격이다. 그 사람의 생각, 행동, 경험 등 모든 것의 반영이다. 말 따로 행동 따로인 사람을 '위선자'라고 부르는 이유다. 글 따로 삶 따로인 사람도 마찬가지다.

● ● ●　벤자민 프랭클린(Benjamin Franklin,1706~1790) | 미국의 정치가, 외교관, 저술가. 신문사 경영, 교육문화 활동에 남다른 열정을 보였으며, 피뢰침을 발명하는 등 과학자로도 명성을 날렸다. 현재 100달러짜리 지폐의 모델이기도 하다. 그의 자서전에 나오는 가치 있는 삶을 위한 13가지 덕목도 유명하다.
01. 절제 : 배부르도록 먹지 마라. 02. 침묵 : 쓸데없는 말은 하지 마라. 03. 질서 : 모든 일은 때를 정해서 하라. 04. 결단 : 해야 할 일은 과감히 결심하라. 결심한 일은 반드시 실행하라. 05. 절약 : 이익이 없는 일에는 돈을 쓰지 마라. 06. 근면 : 시간을 낭비하지 마라. 07. 진실 : 속이지 마라. 모든 언행은 공정하게 하라. 08. 정의 : 남에게 해를 끼치지 말고, 해로운 일을 하지 마라. 09. 중용 : 극단을 피하라. 10. 청결 : 어디에든 불결한 흔적을 남기지 마라. 11. 침착 : 사소한 일, 보통 있는 일, 피할 수 없는 일에 침착함을 잃지 마라. 12. 순결 : 건강한 자손을 위해서만 부부생활을 하라. 13. 겸손 : 예수와 소크라테스에게서 배워라.

아는 것이 힘이다.

– 베이컨

1분 생각 | **보고, 듣고, 읽기**

'머리 나쁘면 평생 고생'이라는 말이 있다. 하지만 나면서 부터 머리 나쁜 사람은 그렇게 많지가 않다. 안 보고, 안 듣고, 안 읽어서 그런 소릴 듣는 거다. 자기 딴에는 충분히 보고 듣고 읽고 있다고 여길지도 모르지만, 영양가 없는 허섭스레기 같은 것만 머리에 담아서는 소용이 없다. 정신없이 돌아가는 세상, '아는 게 병', '모르는 게 약'이 될 수도 있다. 하지만 진리는 그쪽이 아니다. 알아야 면장도 한다고 했다. 두 눈 부릅 뜨고 정신 똑바로 차려야 한다.

• • •   베이컨(Francis Bacon, 1561~1626) | 영국 철학자. 과학적 귀납법을 주창한 고전경험론의 창시자이다. 인간은 모두 종족의 우상, 동굴의 우상, 시장의 우상, 극장의 우상 등 네 개의 우상에 사로잡혀 있지만, 기존 철학은 모두 이들 우상 밑에서 추상적 사변에만 탐닉하고 있다고 비판했다.

여자는 태어나는 것이 아니라 만들어지는 것이다.

– 시몬 드 보부아르

1분 생각 | **만들어지는 것들**

만들어지는 것이 어디 여자만일까? 남자도, 미인도, 영재도, 부자도, 리더도 모두 태어나는 것이 아니라 만들어질 뿐이다. 1990년대 말 희대의 탈옥수 신창원도 이렇게 말했다.

"악마는 태어나는 것이 아니라 만들어지는 것이다. 초등학교 때 선생님이 '넌 착한 아이야!'라며 한 번만 머리를 쓰다듬어 줬어도 여기까지 오지 않았을 거다. 5학년 때 선생님이 '새끼야, 돈 안 가져 왔는데 뭐 하러 학교에 와. 빨리 꺼져!'라고 소리쳤는데, 그때부터 마음속에 악마가 생겼다."

고려 때 노비 만적도 비슷한 얘기를 했었다. "왕후장상王侯將相이 어찌 씨가 따로 있다더냐? 누구든지 때가 오면 다 할 수 있는 것이다." 정말 자리가 사람을 만든다. 교육이 사람을 바꾸고, 사랑이 사람을 변화시킨다. 이 만고불변의 진리를 우리는 왜 곧잘 잊어버릴까.

● ● ●　시몬 드 보부아르(Simone de Beauvoir, 1908~1986) | 프랑스의 여류 작가, 철학자, 평론가. 장 폴 사르트르와의 계약 연애로 유명했다. 1949년에 발표한 『제2의 성』은 여자는 여자로 태어나는 게 아니라 여자로 길러진다는 것을 역사적, 철학적, 사회적, 생리적 각도에서 조명하여 큰 반향을 일으켰다.

내일 지구에 종말이 온다할지라도
나는 오늘 한 그루의 사과나무를 심겠다.

– 스피노자

_{1분 생각 |} **왜 사과나무였을까?**

모든 것이 무無로 돌아가더라도 나는 오늘 내 할 일은 다 하고야 말겠다, 끝까지 희망을 놓지 않겠다는 뜻이다. 그러나 정작 이 말은 스피노자보다 130년 이상 먼저 살았던 종교개혁가 마틴 루터의 것이었다. 청소년 시절의 루터가 쓴 일기장에 이 말이 적혀 있었기 때문이다. 지금도 마틴 루터가 살았던 집 앞에는 '내일 세상이 멸망한다는 것을 알지라도 나는 오늘 한 그루의 사과나무를 심겠다'는 문구가 새겨진 비석이 사과나무 한 그루와 함께 세워져 있다고 한다.

그런데 왜 하필이면 사과나무였을까? 아담과 이브의 사과, 만유인력 뉴턴의 사과, 윌리엄 텔의 사과, 그리고 백설공주의 사과까지 서양인들의 이야기 속엔 왜 항상 사과가 등장할까?

● ● ● **스피노자**(Baruch de Spinoza, 1632~1677) | 네덜란드 철학자. 데카르트, 라이프니츠와 함께 근대 합리론을 대변했다. 유대교 집안에서 태어났지만 정통적 교리와 성서 해석에 대한 반항으로 24세 때 유대 교회로부터 파문당했다. 절대적 관념론에서 마르크스주의, 경험론에 이르기까지 다양한 분야의 근대 철학자들에게 영향을 미쳤다. 대표작으로 『에티카』가 있다.

작가에 대한 최악의 대접은 침묵이다.

- 새뮤얼 존슨

애정의 반대말은 미움이 아니라 무관심이다. 비난도 비평도 애정이 있을 때 한다. 인터넷이든, 동창회보든, 아니면 신문 독자투고란이든 한 번이라도 글을 발표해 본 사람은 공감할 것이다. 아무런 반응 없는 싸늘함이 얼마나 절망적인가를.

인터넷 시대, 페이스북, 트위터, 카카오톡의 시대다. 길든 짧든, 말이 되든 안 되든 누구나 글을 쓴다. 그리고 기다린다. 대답을, 대응을, 댓글을.

욕설, 비방, 악플은 듣고 싶지 않다. 하지만 더 큰 고통은 침묵을 대하는 것이다.

● ● ● 새뮤얼 존슨(Samuel Johnson, 1709~1784) | 영국의 시인, 수필가, 비평가, 전기 작가, 칼럼니스트. 사전 편찬자, 편집자로도 명성을 날렸다. '제2의 셰익스피어'로 불린다. 1775년에 그가 편찬하여 출간된 영어사전은 표제어가 4만 개가 넘었으며, 1928년에 옥스퍼드 영어사전이 나오기 전까지 150여 년 동안 영어사전의 표준으로 군림했다. 그의 또 다른 명언. '재혼은 희망이 경험을 이긴 결과다.'

우리는 모두 시궁창에 있지만,
우리 중 누군가는 하늘의 별을 보고 있다.

– 오스카 와일드

별을 보는 사람은 희망을 잃지 않는 사람이다. 언젠가는 나도 별이 되겠다는 각오로 해마다 새해 다이어리 첫 장에 오스카 와일드의 이 말을 적어 놓는다는 사람이 있었다. 그 역시 희망의 별을 바라보는 마음으로 현실의 팍팍함을 이겨내겠다는 다짐이었으리라.

그러나 때론 뒤집어서도 생각해 보아야 한다. 내가 있는 이곳이 시궁창이 아니라 누군가가 그렇게 갈구하는 별은 아닌지. 또한 시궁창에서 별을 보는 것이 아니라, 이미 어떤 별 위에서 시궁창을 내려다보고 있는 것은 아닌지.

● ● ● 오스카 와일드(Oscar Wilde, 1854~1900) | 아일랜드의 시인, 극작가 겸 소설가. 독설과 위트를 자유자재로 넘나드는 탁월한 말솜씨로 당대 최고의 극작가로 이름을 날렸다. '예술을 위한 예술'을 표어로 하는 탐미주의를 주창했다. 그의 다른 화두 하나. '세상에는 두 가지 비극이 있다. 하나는 원하는 것을 얻지 못하는 것이며, 다른 하나는 원하는 것을 얻는 것이다.'

오늘 배우지 않았으면 내일이 있다 말하지 말고,
올해 배우지 않았으면 내년이 있다고 말하지 말라.

– 주희

1분 생각 | **인생은 짧고 배울 것은 많다**

흔히 '배움에는 때가 있다'고 한다. 머리가 팔팔 잘 돌아가는 젊은 나이에, 부모 밑에서 먹고 사는 걱정 안 해도 될 때 열심히 공부해야 한다는 의미일 것이다. 거꾸로 '배움에는 때가 없다'는 말도 있다. 인생은 짧고 배울 것은 많으니 평생을 공부해도 시간이 모자란다는 말일 것이다. 그러나 젊은이를 독려하는 권학문이 더 많은 것을 보면 역시 공부는 젊을 때 해야하나 보다. 다음은 주희의 또 다른 권학문의 한 부분이다.

'少年易老學難成소년이로학난성 一寸光陰不可輕일촌광음불가경 未覺池塘春草夢미각지당춘초몽 階前梧葉已秋成계전오엽기추성.'

'소년은 늙기 쉽고 학문은 이루기 어려우니 짧은 시간이라도 헛되이 보내지 말라. 연못가의 봄풀은 미처 깨어나지도 않았는데 어느새 계단 뜰 앞 오동잎은 가을 소리를 내는구나.'

●●● 주희(朱熹, 1130~1200) | 중국 남송의 유학자. 성리학을 집대성했다. 이(理)와 기(氣)를 인간과 세계에 대해 체계적인 해석을 시도한 그의 학문은 한국에도 큰 영향을 끼쳐 고려뿐만 아니라 조선의 통치 철학으로 굳게 자리 잡았다. 그를 존경하는 후세인들은 공자, 맹자에 비겨 '주자(朱子)'라고 부른다.

역사란 부정확한 기억이 불충분한 문서와
만나는 지점에서 빚어지는 확신이다.

– 줄리언 반스

　때론 한 줄의 글이 상식을 송두리째 바꿔 놓을 때가 있다. 그동안 쌓아 온 지식과 신념을 아무것도 아닌 것으로 만들기도 한다. 반스의 이 말을 읽는 순간 내 생각이 그랬다.

　역사란 의식 있는 역사가의 객관적 진술이라고 믿었다. 그러나 무엇이 의식이란 말인가? '객관客觀'이란 말도 그렇다. 과연 어디까지가 객관이란 말인가?

　결국은 선택되고 선별된 기억들이 역사가歷史家 개인의 가치관과 신념에 따라 걸러지고 다듬어지면 그것이 역사가 된다는 생각도 든다. 요즘 언론이 동일한 사안에 대해서조차 저마다 이념과 성향에 따라 다르게 담아내고도 자신만이 진실을 말한다고 주장하는 것처럼.

● ● ●　줄리언 반스(Julian Patrick Barnes, 1946~　) | 영국의 유명 작가. 옥스퍼드 대학 출신. 1969년부터 1972년까지 3년간 『옥스퍼드 영어 사전』 증보판을 편찬했으며, 이후 여러 잡지에 평론을 기고하는 한편 문예지 편집자로도 일했다. 1980년 장편소설 『메트로랜드』로 등단했으며, 2011년 최신작 『예감은 틀리지 않는다』로 세계적인 주목을 받았다.

짧게 써라. 그러면 읽힐 것이다.
명료하게 써라. 그러면 이해될 것이다.
그림같이 써라. 그러면 기억 속에 머물 것이다.

– 조셉 퓰리처

글 잘 쓰는 비법을 가르치는 책은 많다. 그러나 막상 읽어 보면 뻔한 결말에 대부분 실망한다. 모든 책의 결론은 많이 읽고, 많이 생각하고, 많이 써 보는 것 외에 다른 비법을 담고 있지 않기 때문이다. 글을 쓴다는 것이 소수의 특권이자 전유물인 시대가 있었다. 그러나 인터넷, 트위터, 페이스북이 보편화된 지금은 아무나 글을 쓸 수 있고, 또 쓰는 시대다. 하지만 끼적인다고 다 글은 아니다. 장황하게, 요령부득으로 어법에도 맞지 않게 써대는 글이 너무 많다. 그런 점에서 짧게, 명료하게, 그림같이 쓰라는 100년 전 퓰리처의 깨우침만큼 글쓰기의 핵심 비법을 간파한 명언도 없다.

● ● ●   조셉 퓰리처(Joseph Pulitzer, 1847~1911) | 신문인. 헝가리 출생. 1864년에 미국으로 건너가 기자, 정치인, 신문사 경영인으로 활약했다. 1883년에 인수한 「뉴욕 월드」를 미국 제일의 발행 부수를 자랑하는 신문으로 키웠다. 랜돌프 허스트의 「모닝저널」과 벌였던 센세이셔널리즘 경쟁이 유명하며, 이는 훗날 '옐로 저널리즘'의 창시자라는 악명으로 남았다. 그가 죽은 후 유언에 따라 언론계 최고 권위의 '퓰리처상'이 제정되었다.

미디어는 뉴스가 아니라 편견으로 해석된
정보를 전할 뿐이다.

– 촘스키

1분 생각 | **언론의 불편한 진실**

언론의 존재 목적은 권력에 대한 감시와 비판이다. 영어로
는 '감독견watch dog'. 그러나 세상이 달라졌다. 감시하고 비판
해야 할 권력은 그대로지만 그 역할에 충실해야 할 언론은 설
자리를 잃고 있다. 우선 살아야 하기 때문이다. 그래서일까?
권력과 손잡고 금력에 굴복한다. 대중에게 영합하고, 광고라
는 이름으로 시장과도 타협한다. 미디어가 뉴스가 아니라 편
견으로 해석된 정보만 제공한다는 말이 새삼스러울 것도 없는
이유다. 보수 언론만 탓할 필요도 없다. 오십보백보. 소위 진
보 언론이라 일컫는 쪽도 마찬가지다.

인정하자. 그러면 편해진다. 어차피 뉴스는 선택의 순간부터
편견이 개입되고, 가공되면서도 편견으로 해석되는 것이니까.

● ● ●　촘스키(Avram Noam Chomsky, 1928~) | 미국의 언어학자 겸 철학자. 미국을 대표하
는 비판적 지식인으로 평가받고 있다. MIT 교수를 역임하며 70여 권의 저서와 1천여 편의 논문
을 발표했다.

책을 읽는다고 모두가 리더가 되는 것은 아니다.
그러나 모든 리더는 책을 읽는다.

– 트루먼

1분 생각 | **독서가와 리더**

좋은 책을 만나고, 좋은 사람을 만나면 인생이 바뀐다. 그래서 이런 서양 격언도 있다. '한 시간이 주어지면 책을 읽고, 한 달이 주어지면 친구를 사귀어라.' 그러나 읽기만 해서는 소용이 없다. 음식을 꼭꼭 씹어 영양분을 흡수해야 하듯, 독서도 꼭꼭 씹어야 한다. 리더가 되려는 사람은 거기서 또 한 걸음 더 나아가야 한다. 읽고 또 읽고, 그 다음에는 생각하고, 생각한 것을 글로 표현해 보는 일이다. 정확하게, 바르게, 알기 쉽게, 조리에 맞게.

어느 조사기관이 하버드 대학 졸업생 중 사회적 리더가 된 사람들을 대상으로 가장 중요한 성공 요인이 무엇이었는지를 물었다. 그때 가장 많이 나온 대답은 학벌이나 인맥이 아니라 놀랍게도 '글쓰기 능력'이었다.

● ● ●　트루먼(Harry Shippe Truman, 1884~1972) | 미국의 33대 대통령. 부통령으로 있다가 프랭클린 루스벨트 대통령의 사망으로 대통령 직을 승계했다. 1945년 일본에 원자폭탄 투하를 결정했으며, 6·25전쟁이 발발하자 미군의 한국 파병을 결정하기도 했다.

머릿속에 든 것이 적으면 적을수록
서류 가방은 점점 더 커진다.

– 헤르만 지몬

인생을 망치는 3가지 '척'이 있다. 없으면서 있는 척, 모르면서 아는 척, 못난 게 잘난 척. 짧은 가방끈을 한사코 숨기려는 허세도 이 중에 하나일 듯싶다.

그러나 배우지 못한 것이 죄가 아니라 배우려 하지 않는 것이 더 큰 죄다. 대학 나왔다고 머리가 절로 채워지진 않는다. 신문을 1년만 정독하면 4년제 대학을 나온 것과 똑같은 지식과 지혜가 쌓인다는 말도 있다.

자신의 지적 수준은 스스로 하기 나름이다. 쉼 없이 배우고 익혀야 한다. 공부해야 한다. 무거운 가방 들고 다니느라 평생 고생하지 않으려면.

● ● ●　헤르만 지몬(Hermann Simon, 1947~) | 독일의 기업인 겸 경영학자. 전략, 마케팅, 가격 결정 분야의 권위자다. 각 분야의 세계시장을 지배하는 우량 기업을 가리키는 '히든 챔피언 (Hidden Champion)'이라는 말을 창안했다. 2012년 초 IBK기업은행이 헤르만 지몬 박사를 중소기업 육성 전반에 대한 자문위원으로 위촉한 바 있다.

시간 *time*

지나고 나서
후회하지 않으려면

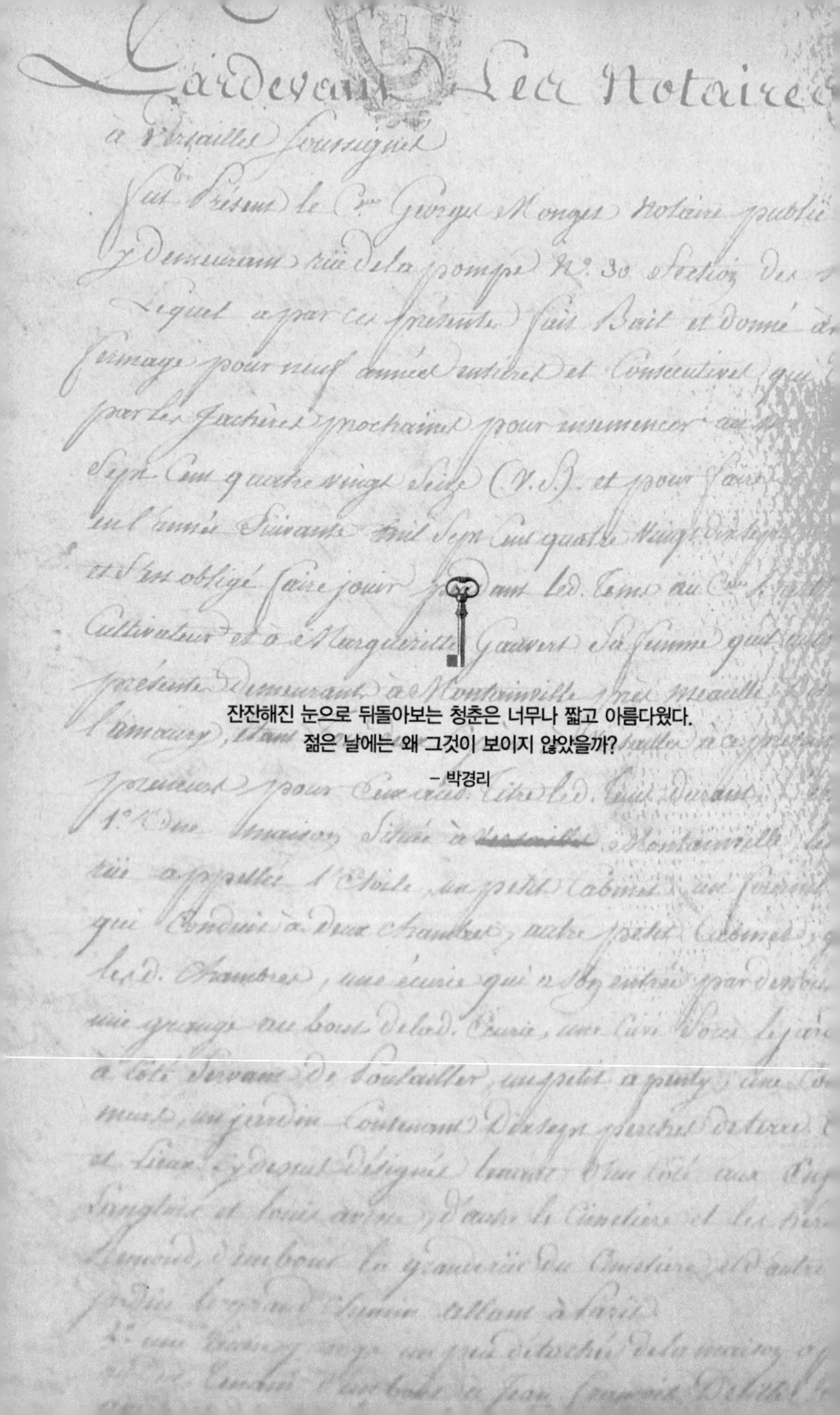

잔잔해진 눈으로 뒤돌아보는 청춘은 너무나 짧고 아름다웠다.
젊은 날에는 왜 그것이 보이지 않았을까?

– 박경리

내려갈 때 보았네. 올라갈 때 못 본 그 꽃.

― 고은

1분 생각 | **놓치고 지나가는 것들**

짧다고 시詩가 아닌 것은 아니다. 짧다고 할 말을 다 못하는
것은 아니다. 단 한 줄, 단 한마디로도 우주적인 깊이와 넓이
를 담아낼 수가 있다. 그것이 시다. 각박한 세상이다. 아등바
등 살아야 한다. 정말 중요하다고 여기면서도 어쩔 수 없이 많
은 것을 놓치며 살 수밖에 없는 이유다. 그래도 애는 써야 한
다. 관심을 가지려고 해야 한다. 꼭 봐야 할 것, 꼭 챙겨야 할
소중한 것들을 찾아야 한다. 정신없이 앞서 가는 사람 발뒤꿈
치만 보며 따라가니 꽃이 보일 리가 없다. 내려올 때라도 그냥
보이는 것은 아니다. 잠시 멈춰 서서 땀을 훔칠 여유라도 있어
야 한다. 시인의 속마음도 이것이었을 것이다.

● ● ●　　고은(高銀, 1933~) | 시인, 수필가. 본명은 은태. 전북 옥구 출생. 1958년 「현대문학」
을 통해 등단한 이래 60년 가까이 시, 소설, 평론 등의 저서를 150여 권 이상 세상에 내놓았
다. 국내외 수많은 문학상을 받았으며, 세계 수십 개 언어로 그의 작품이 번역되었다. '20세기
세계 문학사에서 최대의 기획'으로 평가받는 연작시 「만인보(萬人譜)」도 그의 작품이다. 매년 노
벨문학상 후보로 거론되고 있다.

내가 세월만큼 장맛을 내고 있을까?

– 김지영

LA에서 알게 된 선배다. 그가 2011년에 만 60세 환갑이 되는 해를 보내면서 쓴 에세이에서 이렇게 말했다.

"내 인생 30대까지는 야심을 갖기 위한 준비의 시간이었다. 40대는 그 야심을 이루기 위한 행동의 시간이었다. 50대는 참 어정쩡했다. 이루지도 못하고, 버리기도 아까운 야심들이 심장을 서걱서걱 찔렀다. 이제 그 야심의 껍데기를 탁탁 털어버릴 때가 되었다." 글은 이렇게 썼지만, 그가 누구보다 열심히 살아온 사람이었음을 나는 안다. 그의 열정과 지성, 그리고 사색의 힘을 반 토막도 따라가지 못하는 나다.

"내 인생의 장맛은 어떨까? 좋은 와인을 다 마시고 나서 잔바닥에 가라앉은 애잔한 향기, 그것이 내 바람이다."

선배의 꿈이자 나의 소망이다.

● ● ●   김지영(1951~) | 재미 변호사. 충남 공주 출생. 자칭 공상가, 여행자, 사진사, 영어 선생님이다. 서울대 사범대 영어교육과를 졸업한 후 한국일보와 코리아타임스 기자로 활동했다. 지금은 로스앤젤레스에서 변호사로 활동하고 있다. 저서로는 『LAUGH & LEARN : 신나게 웃고, 생생하게 배우는 영어』 등이 있다.

잔잔해진 눈으로 뒤돌아보는
청춘은 너무나 짧고 아름다웠다.
젊은 날에는 왜 그것이 보이지 않았을까?

– 박경리

1분 생각 | **짧아서 더 아름다운 청춘**

『토지』의 작가 박경리의 시 「산다는 것」의 끝 소절이다. 공
감 백배. 하지만 정말 들어야 할 젊은이들은 도무지 이 말이
와 닿지 않을 지도 모르겠다. 그러거나 말거나. 나는 이 시를
읊어 봐야겠다. 100세 시대. 너와 나, 우리 모두가 언젠가는
마주해야 할 현실이 처절하게 녹아 있으니까.

체하면
바늘로 손톱 밑 찔러서 피 내고
감기 들면
바쁜 듯이 들 안을 왔다 갔다
상처 나면
소독하고 밴드 하나 붙이고

정말 병원에는 가기 싫었다
약도 죽어라고 안 먹었다

인명재천
나를 달래는 데
그보다 생광스런 말이 또 있었을까

팔십이 가까워지고 어느 날부터
아침마다
나는 혈압 약을 꼬박꼬박 먹게 되었다
어쩐지 민망하고 부끄러웠다

허리를 다쳐서 입원했을 때
발견이 된 고혈압인데
모르고 지냈으면
그럭저럭 세월이 갔을까

눈도 한쪽은 백내장이라 수술했고
다른 한쪽은
치유가 안 된다는 황반 뭐라는 병
초점이 맞지 않아서
곧잘 비틀거린다
하지만 억울할 것 하나도 없다
남보다 더 살았으면 당연하지

속박과 가난의 세월
그렇게도 많은 눈물 흘렸건만
청춘은 너무나 짧고 아름다웠다

잔잔해진 눈으로 뒤돌아보는

청춘은 너무나 짧고 아름다웠다

젊은 날에는 왜 그것이 보이지 않았을까

– 박경리, 「산다는 것」(전문)

● ● ●　　박경리(朴景利, 1926~2008) | 소설가. 경상남도 통영 출생. 장편 『김약국의 딸들』을 비롯해 『시장과 전장』, 『파시(波市)』 등 사회와 현실에 대한 비판성이 강한 문제작들을 잇달아 발표해 문단의 주목을 받았다. 1969년 6월부터 집필을 시작해 1994년에 5부로 완성한 대하소설 『토지(土地)』는 한국 현대문학사의 가장 위대한 성과로 꼽힌다. 시인 김지하가 사위이다.

승자는 시간을 관리하며 살고,
패자는 시간에 끌려 산다.

– 시드니 해리스

갑돌이, 을순이, 병태, 정남이 가상의 네 사람이 있다. 갑돌이는 누구보다 열심히 일하지만 늘 여유가 있다. 반면 을순이는 늘 빈둥거리면서도 바쁘다는 말을 달고 산다. 병태는 일할 때도 열심히 하고 놀 때도 열심히 놀지만 반대로 정남이처럼 일할 때는 허겁지겁, 놀 때는 노는 둥 마는 둥 흐지부지한 사람도 많다.

차이는 시간을 대하는 자세다. 시간의 주인이 될 것인가, 시간의 노예가 될 것인가? 선택은 내가 한다. 누구에게나 똑같이 주어진 하루 24시간. 매일 1시간만 짬을 내도 한 달이면 30시간, 1년이면 365시간이다. 인생의 승부는 이런 것에서 갈린다.

● ● ●   시드니 해리스(Sydney J. Harris, 1917~1986) | 미국의 저널리스트. 영국 런던 태생으로 시카고에서 자랐다. 「시카고 데일리」 및 「시카고 선 타임즈」에 오랫동안 칼럼을 썼다. 차갑고 퉁명스러운 가판대 주인에게 예의바른 행동으로 대하는 그를 보고 친구가 "저렇게 불손한 사람을 왜 친절하게 대하는가?"라고 묻자 "왜 내 행동이 그의 태도에 따라서 결정되어야 하지?"라고 반문했다는 일화가 전한다. 『승자와 패자(Winners and Losers)』 등의 저서가 있다.

여행은 가슴 떨릴 때,
다리가 떨리기 전에 가야 합니다.

– 아주관광 광고 카피

1분 생각 | **여행이란**

때론 한 줄의 광고 카피가 무릎을 치게 만든다. 여행사 광고를 보면서 눈이 번쩍 뜨인 게 이것이다. 연세 드신 어르신들과 함께 떠나 보면 안다. "그냥 차에 있을란다. 너네끼리 어서 보고 와." 늘 이런 말씀을 하신다는 것을.

나이가 들면 무엇을 봐도 시큰둥이다. 호기심도 설렘도 사라지고 없다. 가슴이 뛸 리가 없다. 설령 뛴다 해도 몸이 따라주지 않는다. 그래서 여행은 한 살이라도 젊어서 하라는 것이다.

● ● ● 　아주관광(A-Ju Tours) | 미국에서 한인 동포들이 가장 많이 사는 곳은 로스앤젤레스 일대다. 한인 인구는 대략 100만여 명. 이들을 상대로 한 여행사들이 여러 개 있는데, 메이저급 두 회사가 아주관광과 삼호관광이다. 두 회사의 상품은 거의 대동소이해서 미국 내 패키지여행은 물론 한국, 유럽, 중남미, 동남아 패키지 프로그램도 다양하게 갖추고 있다.

연탄재 함부로 발로 차지 마라.
너는, 누구에게 한 번이라도 뜨거운 사람이었느냐?

– 안도현

1분 생각 | **추억 속으로**

「너에게 묻는다」라는 시의 첫 세 줄이다. 시를 이렇게 한 줄로 늘어놓아도 되는지 모르겠다. 그렇다고 그 울림이 줄어들지는 않는다.

시는 가난했던 지난날의 숙연한 풍경 속으로 한 번쯤 다시 돌아가게 만든다. 하지만 아파트 숲에서 자라는 요즘 아이들이 '연탄재'라는 말을 알기나 하는지 모르겠다. 연탄불, 연탄집게, 연탄장수, 연탄배달, 연탄가스 같은 눈물 어린 단어들이 피워내는 애틋한 정경들도 들어보기나 했는지 모르겠다.

● ● ●   안도현(安度眩, 1961~) | 시인. 경북 예천 출생. 원광대 국문과를 졸업했다. 1981년 대구매일신문 신춘문예에 「낙동강」이, 1984년 동아일보 신춘문예에 「서울로 가는 전봉준」이 당선되어 등단했다. 개인적 체험을 주조로 하면서도 사적 차원을 넘어서 민족과 사회의 현실을 섬세한 감수성으로 그려낸다는 평가를 받고 있다. 다수의 시집과 소설집 『연어』를 출간했다.

내 실제 나이는 70이 넘었지만,
정신 연령은 여전히 20~30대다.

– 앙드레 김

'국민 패션 디자이너'라는 별명을 가졌던 앙드레 김. 그는 온갖 편견 속에서도 동심을 잃지 않고 아이처럼 살다간 순수의 영혼이었다. 그는 나이가 들어갈수록 오히려 더 빛을 발했던 예술가였다.

미국 최초의 우주인 존 글렌은 1998년 77세의 나이에 다시 우주여행에 도전했다. 1962년 첫 우주 비행 후 36년만이었다. 그리고 멋지게 성공한 뒤 지구로 귀환한 그가 처음 내뱉은 말은 이랬다.

"달력의 나이는 집어 치워라. 내 나이는 내가 만든다."

앙드레 김도 그렇게 살았다. 마지막 순간까지.

● ● ●   앙드레 김(André Kim, 1935~2010) ┃ 패션 디자이너. 본명은 김봉남. 1962년 소공동에 '살롱 앙드레'를 열어 한국 최초의 남성 패션 디자이너가 됐다. 1966년 파리에서 한국인 최초로 패션쇼를 열었고, 1980년에 미스 유니버스 대회의 주 디자이너로 뽑혔으며, 1988년 서울올림픽에서는 한국 대표팀 선수복을 디자인했다. '퐌타스틱~' 등 특유의 한영 혼용체 말투로 즐거움을 주었다.

늦었다고 생각할 때는 정말 늦었다.

- 작자 미상

여태 '늦었다고 생각할 때가 가장 빠른 때' 라고만 믿으며 살았다. 중학교 때 처음 이 말을 들었다. 그때 이후 지금까지 한 번도 이 말을 잊어본 적이 없다. 나태하고 뒤처진 일상을 추슬러 다시 도전함에 있어 이 말만큼 용기를 주는 말도 없었기 때문이다. 하지만 이 말이 항상 옳은 것은 아니라는 것을 한참 뒤에 깨달았다. 늦었다고 생각할 때는 정말 늦었을 경우가 너무나 많았기 때문이다. 해서, 결론은 이것이다. 무엇이든 미리미리 할 것. 생각나면 그때그때 바로 할 것. 시작이 반이고 그때가 그나마 빠른 때이니까.

● ● ●　작자 미상 명언들 |
'나의 남은 인생 중에서 가장 젊은 날은 오늘이다.'
'기회는 자기소개서를 보내지 않는다.'
'절망할 때마다 두 사람을 생각하라. 너의 라이벌과 네가 사랑하는 사람을.'
'초보 사기꾼은 문제를 일으켜 감옥에 가고, 큰 사기꾼은 정치나 종교를 한다.'

먼저 핀 꽃은 먼저 진다.
남보다 먼저 공을 세우려고 조급히 서둘 것이 아니다.
– 『채근담』

1분 생각 | 때를 기다린다는 것

먼저 핀 꽃은 먼저 진다. 당연한 자연의 이치지만 우리는 곧잘 이것을 잊고 산다. 이른 봄 가장 먼저 피는 꽃이 있고, 뜨거운 여름 햇살을, 선선한 가을바람을 맞아야만 피는 꽃이 있다. 심지어 겨울 눈 속에서 피는 꽃도 있다. 무릇 자연에는 때가 있는 법이다. 우리네 삶도 마찬가지다. 남이 먼저 올라간다고 초조해 하거나 시기, 질투는 하지 말자. 때가 아니면 될 것도 안 되고, 때가 차면 안 될 것도 되는 법. 우리가 생각하는 것보다 인생은 의외로 길고 올라야 할 봉우리는 많다.

● ● ● 『채근담(菜根譚)』 | 중국 고전. 명나라 말기에 문인 홍자성의 어록을 모은 책이다. 유교, 도교, 불교의 사상을 융합하여 교훈을 주는 가르침으로 꾸며져 있다. '채근'이란 나무 잎사귀나 뿌리처럼 변변치 않은 음식을 말한다. 쉽고 단순하게 인생의 참뜻과 지혜로운 삶의 자세를 알려 준다는 점에서 인생 지침서로 꾸준히 인기를 얻고 있다.

나, 어제 너와 같았고
너, 내일 나와 같으리라.
– 터키 히에라폴리스 유적지의 어느 묘비명

1분 생각 | 마지막 한마디

사람이 죽어 마지막으로 남기는 말이 묘비명이다. 영국의 극작가 조지 버나드 쇼의 묘비명은 '우물쭈물하다 내가 이럴 줄 알았다'이고, 걸레 스님으로 알려진 기인 중광의 묘비명은 '에이, 괜히 왔다 간다'이다. 미국의 대문호 헤밍웨이의 묘비명은 '일어나지 못해 미안하오'이고, 소설가 스탕달은 '살았다, 썼다, 사랑했다'라는 묘비명을 남겼다. '인생 유효기간 종료Expired'라는 무명의 묘비명도 있다. 그러나 '너, 내일 나와 같으리라'라고 한 이 말보다 처연한 묘비명은 보지 못했다. 더불어 생각나는 한마디. '내가 헛되이 보낸 오늘은 어제 죽은 누군가가 그렇게 간절히 원했던 내일이었다.'

● ● ● 터키 히에라폴리스(Hierapolis) | 로마 정복시대 터키의 고대 온천 도시로, 2~3세기에 가장 번성했다. 기원전 130년에 이곳을 정복한 로마인들이 '성스러운 도시(히에라폴리스)'라는 이름을 붙였다고 한다. 15,000명을 수용할 수 있는 규모의 원형 경기장을 비롯해 파묵칼레 노천 온천, 돌을 쌓아 만든 벽, 공동묘지 등의 유적지가 남아 있으며, 다양한 출토품들이 히에라폴리스 박물관에 전시되어 있다.

시간이 없어서 공부하지 못한다는 사람은
시간이 있어도 공부하지 못한다.

－『회남자』

1분 생각 | **시간의 묘미**

정중동靜中動, 망중한忙中閑. 아무 것도 하지 않는 것 같지만 무엇인가 하는 일이 있고, 아무리 바쁜 때라도 짬을 낼 수는 있다는 말이다. 시간이 없다는 말은 하지 말자. 신기한 게 시간이다. 짜면 짤수록 생기니까. 중요한 것은 의지다. 마음이다. 누구에게나 하루 24시간은 똑같이 주어졌다. 그 시간을 어떻게 쓰느냐는 자기 몫이다. 특히 학생들. 공부할 때의 고통은 잠깐이지만 못 배운 고통은 평생이다.

• • •　『회남자(淮南子)』| BC 2세기 중국 전한(前漢) 시대에 회남왕(淮南王) 유안(劉安)이라는 사람이 엮은 잡가서(雜家書). 노자와 장자의 학설을 기반으로 우주 만물의 생성과 소멸, 변화의 근원에 대해 서술한 책이다. 천문, 지리, 의학, 풍속, 농업 기술 등에 관한 내용도 정리되어 있다. '바다를 모르는 우물 안 물고기가 큰 바다를 논할 수 없고, 한 계절밖에 모르는 여름 벌레가 겨울을 논할 수는 없다'는 말도 이 책에 나온다.

인생은 짧고 예술은 길다.

– 히포크라테스

원래는 '인생은 짧고 의술은 길다'로 히포크라테스가 의술을 다 공부하기엔 인생이 너무 짧으니 부지런히 공부해야 한다며 제자들을 독려하면서 했던 말이었다. 이 말을 훗날 미국 시인 롱펠로가 예술 전반을 인생에 비유하여 '인생은 짧고 예술은 길다'라는 말로 살짝 바꿨다고 한다. 어느 쪽이든 짧은 인생 허비하지 말고 무엇에든 매진하여 멋진 작품을 남기라는 교훈에는 다를 바가 없다.

● ● ● 히포크라테스(Hippocrates, BC 460~BC 377 경) | 고대 그리스의 의학자. 서양 의학의 아버지로 불린다. 병에 대한 주술적, 미신적 요법을 배척하고 경험적 실증과학으로서의 의학을 창시했다. 자연의 생명력을 합리적으로 이용하는 자연요법과 식이요법 외에 동물 실험을 통해 외과적 의술 분야도 개척했다. 환자에게 '성실, 비밀 엄수'라는 의사 윤리 규정을 서약한 최초의 사람으로 알려져 있다.

지혜 *wisdom*

삶을 풍요롭게
만들고 싶다면

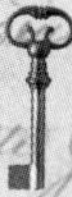

처음부터 거창한 것을 만드는 것이 아니라
작은 것들을 쌓아 가다가 마지막에 하나로 모으는 게 내 방식이다.

– 저커버그

나이가 40을 넘은 사람은
자기 얼굴에 책임을 져야 한다.

– 에이브러햄 링컨

링컨은 늘 겸손했다. 자신의 부족함을 인정하고 신께 지혜를 구했다. "나는 어려울 때마다 무릎 꿇고 기도한다. 그러면 신기하게도 지혜가 떠오른다." 사람의 얼굴만큼 정확한 이력서는 없다는 뜻으로 한 이 말도 그렇게 터득한 지혜의 용인술이었다. 링컨이 남긴 주옥같은 말들은 또 있다. 하나같이 삶의 등불이고 울림이고 지혜다.

"나에게 나무를 베어낼 8시간이 주어진다면 6시간은 도끼를 날카롭게 가는 데 쓰겠다." "남의 자유를 부인하는 자는 자유를 누릴 자격이 없다." "어떤 일을 할 수 있고, 또 해야 한다면 길은 반드시 열리게 되어 있다." "좀 넘어지면 어때. 길이 약간 미끄럽긴 해도 낭떠러지는 아니잖아."

● ● ●　에이브러햄 링컨(Abraham Lincoln, 1809~1865) | 미국의 16대 대통령. 재임 기간은 1861~1865년. 남북전쟁에서 북군의 승리를 이끌며 노예 해방을 실현했다. 대통령에 재선되었으나 이듬해에 암살당했다. '국민에 의한 국민을 위한 국민의 정부'라는 말을 남겼다. 독실한 크리스천이었던 그는 '백악관을 기도실로 만든 대통령'으로도 유명하다.

위대한 정치가는 욕망과 전술을 곧바로 연결하지 않는다.

– 박성현

정치의 교과서적 정의는 이렇다. '정치권력을 획득, 유지하거나 개인 간, 집단 간의 이해관계 대립 및 갈등을 조정하고 해결하는 국가 기관의 활동.' 문제는 권력을 가지려는 사람은 많고, 권력은 하나뿐이라는 데 있다. 피 말리는 싸움이 있을 수밖에 없는 이유다. 정치 9단이라던 김대중 전 대통령은 '서생적書生的 문제의식'과 '상인적商人的 현실 감각'을 갖는 것이 정치라고 했다. 역시 노련하다. 결론은 정치에는 남다른 전술 전략이 필요하다는 일깨움이다. 그럼 어떻게 하란 말인가? 박성현은 답한다.

"훌륭한 정치가는 먼저 욕망을 통찰과 전략으로 승화시킨다. 그리고 나서 욕망이 아니라 전략으로부터 전술을 도출한다. 아무런 고민과 통찰 없이 욕망으로부터 곧바로 전술을 도출하는 것은 3류 정치가 혹은 코스닥 장사치나 할 짓이다."

● ● ●   박성현 | 정치평론가. 인터넷 신문 뉴데일리 논설위원. 1980년대 최초의 전국 지하 학생운동 조직이자 PD 계열의 시발이 된 '전국민주학생연맹'의 전국 조직책이었다. 저서로 『망치로 정치하기』 등이 있다.

내가 약한 그때가 강함이라.

– 바울

역설이다. 모순이다. '가장 약한 그때'가 가장 강할 때라니. 앞뒤가 맞지 않고, 논리도 맞지 않지만 때론 이런 모순 속에 심오한 지혜가 담겨 있다. 이순신이 말했다. 반드시 살고자 하면 죽고, 죽고자 하면 반드시 산다고. 베스트셀러 작가 루이스 라모르도 말했다. 모든 것이 끝났다고 여겨질 때, 그때가 새로운 시작이라고.

기독교 2000년 역사상 바울만큼 연약한 자도 없었다. 그러나 그만큼 많은 일을 한 사람도 없었다. 자신이 믿는 진리를 위해서 모든 악한 것들과 능욕과 궁핍과 박해와 곤고困苦를 기뻐했다는 그는 그야말로 아무 것도 못 가진 사람이었지만, 오히려 모든 것을 소유한 사람이었다. 역설의 힘이다.

● ● ● 바울(Paulos, Paul, AD 10~67 추정) | 기독교 사도. 길리기아의 다소에서 유대인으로 태어났다. 본명은 사울. 천주교에서는 '바오로'라 불린다. 로마 시민으로서 그리스도 교도들을 잡으러 다메섹으로 가던 중 신비로운 그리스도의 출현을 경험하고, 3일간 실명 상태가 되었다가 소명(召命)을 받고 사도가 되었다. 그리스도 최대의 전도자이자 최고의 신학자였으며, 그가 쓴 서책이 13권이나 신약성경에 포함됐을 정도로 오늘의 그리스도교를 있게 한 중추적 인물이다.

어제는 지나간 역사이고, 내일은 미지의
수수께끼이며, 오늘은 선물이다.
Yesterday is a history, tomorrow is a mystery and today is a gift.
That's why we call it the present.

– 브라이언 다이슨

1분 생각 | **지금 이 순간**

브라이언 다이슨 전 코카콜라 회장이 1996년 조지아 공대 졸업식에서 한 연설이다. 이 한마디는 영어로 읽어야 한다. 히스토리와 미스터리, 기프트와 프레젠트. 운율과 발음의 조어법이 탁월하다. 담긴 의미는 더 묵직하다. 지난 일에 연연하지 말고, 아직 오지 않은 일에 대해 걱정하지 말며, 오직 지금 이 순간에 충실해야 한다는……

● ● ● 　브라이언 다이슨(Brian G. Dyson, 1935~) | 아르헨티나 출신의 미국 기업인. 부에노스 아이레스 대학을 졸업하고, 하버드 경영대학원에서 공부했다. 1959년 베네수엘라 코카콜라에 입사한 이후로 35년을 코카콜라에서 일했다. 1986부터 1991년까지 코카콜라 CEO를 역임했다.

때로는 자신의 재주를 숨기는 지혜도 필요하다.

– 『삼국지』 중에서

1분 생각 | **몸을 낮추어 힘을 기르다**

유비가 조조의 식객 노릇을 할 때다. 조조의 참모들이 유비
는 범상치 않은 인물이니 일찍 제거해 후환을 없애라고 건의
했다. 이를 눈치 챈 유비. 생존을 위해 최대한 몸을 낮춰 상대
의 경계심을 풀도록 애썼다. 바로 도광양회韜光養晦 고사다. 감
출 도韜, 빛 광光, 기를 양養, 그믐 회晦. 빛을 감추고 어둠 속에
서 은밀히 힘을 기른다는 뜻으로, 모욕을 참고 견디면서 힘을
갈고 닦는다는 와신상담臥薪嘗膽과 일맥상통한다.

도광양회는 1980년대 중국의 외교정책으로 더 유명해진 말
이다. 중국의 국력이 강해질 때까지 침묵을 지키며 강대국의
눈치를 살피겠다는 정책이었는데, 국제 사회에서 갈수록 기고
만장해지는 중국을 보면 이제 그것도 옛말이 된 것 같다.

● ● ●　『삼국지(三國志)』| 진(晉)나라 진수(陳壽, 233~297)가 편찬한 위(魏)·촉(蜀)·오(吳) 삼국
의 정사(正史). 그러나 사람들이 보통 말하는 『삼국지』는 14세기에 나관중이 쓴 소설 형식의 『삼
국지연의(三國志演義)』를 말한다. 한나라 멸망 후 위, 촉, 오 삼국의 영웅호걸들이 펼치는 쟁투와
죽음, 전쟁, 음모와 지략을 다루면서 이를 통해 인생의 지혜와 다양한 처세의 기본을 전해 준
다. 박종화, 정비석, 이문열, 황석영 등 여러 작가들의 번역본이 있다.

꿀벌은 물을 마셔서 꿀을 만들고,
뱀은 물을 마셔서 독을 만든다.

– 영국 속담

'같은 꽃이라도 꿀벌은 꿀을 빨고, 뱀은 독을 빤다(The bee gets honey from the same flower where the snake sucks her poison)'라는 아르메니아 속담이 있다. 아마 영국인들이 이 속담을 이렇게 변형시킨 게 아닐까 싶다.

하지만 벌도 독을 만든다. 개미벌, 쌍살벌, 말벌의 독은 치명적이다. 꿀벌도 최후의 한 방이 있다. 독성 곤충에 물려 사망하는 사람이 뱀에 물려 죽는 경우보다 20배나 높다는 통계도 있다. 결론은 '누구냐'가 아니라 '어떻게'이다. 똑같은 칼도 사람을 찌르면 살인 무기가 되지만, 주방장이 쓰면 요리 기구, 의사가 쓰면 생명을 살리는 도구가 되는 것처럼.

● ● ●　　영국(英國) | 유럽 서북쪽 대서양상의 섬나라. 잉글랜드 · 스코틀랜드 · 웨일스와 북아일랜드로 구성되어 있다. 면적은 240,1752㎢로 남북한을 합친 것보다 조금 더 크고, 인구는 6,300여만 명(2012년 기준)이다. 입헌 군주제 국가로서 국가원수는 왕이지만, 실질적인 정치 수반은 총리. 20세기 초반만 해도 43개의 식민지를 거느리며 전 세계의 4분의 1을 지배하는 거대한 제국으로 '해가 지지 않는 나라'로 불렸다.

표범의 꼬리는 잡지 마라. 만약 잡았다면 놓지 마라.

– 에티오피아 속담

표범은 고양이과 맹수다. 호랑이, 사자, 재규어, 치타, 퓨마와 친척이다. 이들 중 무늬가 가장 아름다운 놈이 표범이다. 중국, 동남아, 인도, 아프리카 등지에 분포하며 한반도에서도 볼 수 있었다. 하지만 일제의 남획으로 지금은 거의 멸종됐다.

아프리카에 '표범 꼬리 잡지 마라'는 속담이 있다는 게 재미 있다. 아예 처음부터 하지를 말 것이며, 좋아 보인다고 괜히 깝죽대지 말라는 경고는 세상 어디나 같은가 보다. 그러나 어쩔 수 없이 위험에 처했다면 일단은 살아 나오는 게 상책이다. '범에게 물려가도 정신만 차리면 산다'는 우리 속담과도 통한다고나 할까.

● ● ● 에티오피아(Ethiopia) | 아프리카 북동부에 있는 나라. 정식 명칭은 에티오피아 연방민주공화국(Federal Democratic Republic of Ethiopia)이고, 수도는 아디스 아바바(Addis Ababa). 소말리아, 케냐, 수단 등과 국경을 접하고 있다. 인구는 약 8천만 명으로 아프리카에서는 나이지리아, 이집트 다음으로 많다. 기원전 10세기 솔로몬 시대부터 시바 여왕이 이 지역을 다스렸다는 설이 있다. 신약성경 사도행전에 나오는 '구스'라는 나라가 바로 에티오피아다.

준비가 되지 않은 상태에서의 기회는 오히려 불행이다.

- 안철수

1분 생각 | 새옹지마

　말에는 신비한 힘이 있다. 말이 씨가 된다는 말은 그저 생긴 게 아니다. 정치인으로 변신하면서 청와대 문턱까지 바라봤던 안철수. 하지만 그는 준비가 되어 있지 않았다. 현실 정치의 벽 앞에서 이리 치이고 저리 치이며 우유부단한 모습만 들키고 말았다. 그는 김대중의 인동초 정신부터 먼저 배웠어야 했다. 노무현의 열정, 김영삼의 노회함도 터득했어야 했다. 거기에 박정희의 결단력과 전두환의 과감성까지 학습했더라면 더 할 나위 없었다. 하지만 인생은 돌고 도는 것. 그의 대통령 도전 포기가 불행일지 행운일지는 좀 더 두고 봐야 할 것 같다. '새옹지마塞翁之馬'라는 말도 있으니까.

● ● ●　안철수(安哲秀, 1962~) | 정치인. 의사, 기업인, 대학교수를 거쳤다. 순수한 열정과 뛰어난 도전정신으로 많은 젊은이들의 멘토가 되었다. 깨끗한 정치에 대한 국민의 여망을 업고 2012년 정치인으로 변신, 대선 출마를 선언했지만 민주통합당 문재인 후보와의 단일화 협상 과정에서 돌연 사퇴를 선언했다. 새 정치를 선언하며 국회의원 보궐선거에 출마한 그의 행보가 어떻게 이어질지 여전히 주목의 대상이다.

우유를 마시는 사람보다
우유를 배달하는 사람이 더 건강하다.

– 영국 격언

1분 생각 | **요지경 세상**

2000년대 중반, 미국에 프로즌 요거트 열풍이 불면서 '핑크베리'라는 브랜드가 큰 인기를 끌었다. 우후죽순 유사 브랜드가 따라 생겨났다. 한 집 건너 하나 꼴로 프로즌 요거트 가게도 들어섰다. 하지만 거의 다 망했다. 대신 정작 돈을 번 것은 프로즌 요거트 만드는 기계 회사였다.

세상엔 이런 역설들이 꽤나 많다. 자격증 취득자보다 자격증 학원들이 돈을 더 잘 버는 것. 연애편지 잘 쓰는 사람보다 연애편지 심부름하는 사람이 먼저 연애하는 것. 건강 챙기느라 너도나도 사우나 찜질방 찾지만 정작 몸에 근육이 생기고 배가 쏙 들어간 사람은 때 미는 아저씨, 아줌마들이라는 것. 그래서 세상은 요지경이다.

● ● ●   영국 격언 |
눈에서 멀어지면 마음도 멀어진다(Out of sight, out of mind).
한 번 도둑은 영원한 도둑이다(Once a thief, always a thief).
작은 구멍이 큰 배를 가라앉힌다(A small leak will sink a great ship).

진리를 찾겠다는 사람은 믿을지언정
진리를 찾았다는 사람은 믿지 말라.

– 앙드레 지드

부족하다는 것을 알아야 진리도 찾아 나설 수 있다. 그래서
진리를 찾는 사람은 겸손하다. 말을 아낀다. 하지만 지나치게
확신에 찬 사람은 경계할 필요가 있다.

'혹세무민'이라는 말이 있다. 미혹할 혹惑, 세상 세世, 거짓
무誣, 백성 민民. 한마디로 세상을 어지럽히고 백성을 속인다
는 뜻이다. 유사 이래 수많은 사이비 교주들이 그랬다. 목소리
만 큰 엉터리 정치꾼들도 그랬다. 한결같이 백성을 앞세우고
진리를 들먹였다. 하지만 끝내 진리는 없었고, 진리의 탈을 쓴
광기와 폭력만 있었을 뿐이었다.

● ● ●   앙드레 지드(Andre Gide, 1869~1951) | 프랑스 작가. 기성의 종교, 도덕의 구속을 거부
하고 열정적인 구도자로서 자신만의 작품 세계를 추구했다. 『좁은 문』, 『배덕자』, 『전원 교향악』
등의 작품을 남겼으며, 1947년에 노벨문학상을 받았다.

예술가는 돈을 벌지 못해도
우스꽝스럽게 보이지 않는 유일한 직업이다.

– 쥘 르나르

1분 생각 | **돈과 직업**

살다보면 어느 순간 결정을 해야 할 것이 있다. 이를 테면 부자가 되기 위해 계속 분투할 것인가, 돈이 아니어도 초라하지 않을 삶을 택할 것인가?

나이 들어서도 돈, 돈 하는 것만큼 안쓰러운 것은 없다. 그렇다고 누구나 돈을 벌어 부자 소리를 들을 수는 없는 법. 그렇다면 답은 하나다. 돈이 없어도 초라하지 않을 삶을 사는 것이다. 그게 뭘까. 성직자? 선생님? 작가? 그렇다. 세상이 아무리 세속화되었다지만 그래도 아직은 돈이 전부가 아닌 세계는 있다. 구도자의 길, 예술가의 길, 선비의 길 같은 것이 바로 그런 세계일 것이다.

● ● ●　**쥘 르나르**(Jules Renard, 1864~1910) | 프랑스 소설가 겸 극작가. 사춘기 소년의 일상을 통해 아동학대라는 주제를 자연스럽게 그려 낸 자전적 성장소설 『홍당무』가 유명하다. 사후 출간된 그의 『일기』는 일기 문학의 한 획을 긋는 뛰어난 작품으로 평가받고 있다.

처음부터 거창한 것을 만드는 것이 아니라
작은 것들을 쌓아 가다가 마지막에
하나로 모으는 게 내 방식이다.

— 저커버그

| 천리 길도 한 걸음부터

　작은 일에 충실하지 못한 자가 큰일을 제대로 할 리가 없다.
한 방울 한 방울의 낙숫물이 모여 결국 바위도 뚫는다. 20대
에 세계 유수의 갑부가 된 페이스북 창업자 마크 저커버그. 스
스로 밝힌 자신의 성공 비결도 이런 낙숫물의 원리였다.

　젊은 CEO에게서 배우는 또 하나의 지혜는 다음과 같다.
'어제는 지나갔고, 다가올 내일은 알 수 없으니 오늘, 지금 이
순간에 할 수 있는 것에 최선을 다하자. 천리 길도 한 걸음부
터다.'

● ● ●　저커버그(Mark Elliot Zuckerberg, 1984~) | 페이스북 공동 창업자. 11세 때 아버지가
운영하는 치과 사무용 프로그램을 개발했고, 고교 재학 중 음악 재생 프로그램 시냅스를 제작
해 마이크로소프트와 AOL의 인수 및 고용 제안을 받았다. 하버드대 입학 후 2004년 친구들과
함께 페이스북을 만들어 세계적인 기업의 기초를 닦았다. 시사주간지 「타임」이 선정한 2010년
올해의 인물로 뽑혔고, 한때 최연소 억만장자로 불리기도 했다.

혁명은 다 익어 저절로 떨어지는 사과가 아니다.
떨어뜨려야 하는 것이다.

– 체 게바라

1분 생각 | 혁명이란

　판을 완전히 뒤집는 것, 그것이 혁명이다. 기존의 질서를
송두리째 바꾸는 것, 그것이 혁명이다. 프랑스 혁명, 명예혁
명, 볼셰비키 혁명, 중국 공산혁명, 문화혁명, 산업혁명, 과학
기술혁명 등 유사 이래 모든 혁명이 다 그랬다.

　혁명이란 말은 젊은이의 피를 끓게 만든다. 하지만 쉽게 입
에 담아서는 안 될 불온한 말이 또한 혁명이다. 혁명을 꿈꾸는
자에겐 어떻게 해서라도 쟁취해야 할 지상 과제지만 기득권자
에겐 절대로 일어나지 말아야 할 일이 혁명이기 때문이다.

　혁명을 하자면 모든 것을 걸어야 한다. 세상을 바꾸든 나를
바꾸든 온 마음과 뜻을 다하지 않으면 절대로 이루어지지 않
는 것이 혁명이다. 그래서 혁명가는 위대한 것이다.

● ● ●　체 게바라(Che Guevara, 1928~1967) | 아르헨티나 출신의 혁명가. 부에노스아이레스
의대를 졸업한 뒤 잠시 의사로 일했다. 1955년 카스트로를 만나 쿠바 혁명에 뛰어들었고, 1959
년 혁명에 성공한 뒤 모든 기득권을 버리고 다시 혁명의 일선으로 돌아갔다. 콩고에서 반정부
활동에 실패한 그는 1966년 볼리비아로 떠나 게릴라 활동을 벌이다 1967년 10월 9일 볼리비
아 정부군에 의해 총살됐다.

참으로 중요한 일에 종사하는 사람은 생활이 단순하다.
쓸데없는 일에 마음을 쓸 겨를이 없기 때문이다.

– 톨스토이

단순한 것이 아름답다. 어떤 화려한 디자인도 단순함의 아름다움을 넘어서지 못한다. 솔로몬의 영광도 이름 모를 들꽃의 아름다움에 미치지 못했다. 단순한 것이 힘이 있다. 어떤 현란한 테크닉도 단순함의 집중력과 설득력을 이기지 못한다.

물리학자들은 우주를 포함해 대자연을 통제하는 기본적인 힘은 딱 세 가지라고 주장한다. 물질세계를 지배하는 중력, 음양의 세계를 지배하는 전자기력, 원자핵의 세계를 지배하는 핵력이 바로 그것이다. 복잡해 보이는 자연 현상도 결국은 단순한 이 세 가지의 힘으로 귀결된다는 말이다.

단순하게 생각하자. 단순하게 말하자. 주변을 단순화시켜 보자. 그럴수록 집중할 수 있는 시간은 늘어날 것이다.

● ● ●   **톨스토이**(Lev Nikolayevich Tolstoy, 1828~1910) | 러시아의 시인, 소설가. 도스토옙스키와 함께 19세기 러시아 문학을 대표하는 대문호이다. 1869년에 완성한 『전쟁과 평화』로 세계적인 작가로서의 명성을 얻었다. 『참회록』, 『전쟁과 평화』, 『부활』, 『안나 카레리나』 등의 걸작을 남겼다.

잘못을 인정한다는 것은 어제의 나보다
오늘의 내가 더 현명해졌다는 것을 의미한다.

– 포프

1분 생각 | 자기반성

'남의 눈의 티끌은 잘도 찾아내지만 자기 눈 속의 들보(기둥)는 보지 못한다.' 성경의 이 구절은 동서고금을 아우르는 진리다.

『일성록日省錄』이라는 책이 있다. 조선 정조 임금이 평생 동안 날마다 자신을 돌아보고 하루를 반성하며 기록한 일기장이다. 그 다음 임금도, 또 그 다음 임금도 따라서 일기를 썼다. 조선이 세계사적으로 유례가 드물게 500년이나 지속된 데는 임금들의 이런 자기반성이 뒤따랐기에 가능했다.

어제보다 나은 오늘, 오늘보다 나은 내일을 바라는가? 그렇다면 그 출발은 날마다 자기를 돌아보는 것으로 시작되어야 한다.

● ● ●　포프(Alexander Pope, 1688~1744) | 영국의 시인. 18세기 신고전주의의 정신과 형식을 가장 잘 표현해 낸 시인으로 평가받는다. 탁월한 기지와 유머로 재치 있고 유려한 풍자시가 장점. '실수는 인간의 일, 용서는 신의 일'이라는 유명한 말을 남겼다.

돈으로 침대를 살 수는 있지만 잠은 살 수 없다.
돈으로 시계는 살 수 있지만 시간을 살 수는 없다.

— 피터 라이브스

우리 삶에 정말 필요한 것들은 대부분 공짜다. 태양, 공기, 비, 바람 등. 그리고 우리 인생에 정말 소중한 것도 돈으로 살 수가 없다. 사랑, 행복, 우정, 지혜 같은. 그런데도 잊고 산다. 돈이면 모든 것을 다 구할 수 있다고 착각하고, 돈이 없으면 아무것도 얻을 수 없다고 체념한다. 라이브스의 경고는 계속된다.

'돈으로 의사는 살 수 있지만 건강은 살 수 없다. 돈으로 직위는 살 수 있지만 존경은 살 수 없다. 돈으로 피는 살 수 있지만 생명은 살 수 없다. 돈으로 책을 살 수는 있지만 지혜는 살 수 없다. 돈으로 사람은 살 수 있지만 영혼은 살 수 없다.'

● ● ●   피터 라이브스(Peter Ribes) | 우화 작가. 2000년 성바오로출판사에서 출간된 『소금인형—현대인을 위한 지혜』(정성호 옮김)의 저자다. 1999년에 같은 출판사에서 나온 『미친 사람과 미치지 않은 사람』이란 책의 저자이기도 하다.

나이를 얼마나 먹었는지가 중요한 것이 아니라,
제 할 일을 다 했느냐 못했느냐가 중요하다.

– 함석헌

소설가 박완서는 나이를 먹는다는 것을 '삶의 원경遠境으로 물러나는 것'이라고 정의했다. 그렇게 조금 떨어져서 볼 때 더 잘 보이는 것들이 있다. 고집, 아집, 독선, 독단 같은 것들이 그렇다. 좋아서 미칠 것 같은 사람도 없어지고, 눈에 핏발 세워 미워하고 비난했던 사람도 점점 사라지는 것은 오직 나이가 가져다주는 여유다. 그렇다고 모든 노인들이 다 그런 특권을 누리지는 못한다. 나이 든 것을 유세로 여기는 사람들에겐 특히 더 그렇다. 나이는 인생의 훈장이 아니다.

● ● ●   함석헌(咸錫憲, 1901~1989) | 사상가. 민권운동가 겸 문필가. 평안북도 출생. 1956년 「사상계」를 통해 사회비평적인 글을 쓰기 시작했고, 1958년 '생각하는 백성이라야 산다'라는 글로 자유당 정권을 통렬히 비판했다. 1960년 이후 퀘이커교 한국 대표로 활동했다. 1970년 「씨알의 소리」를 발간하여 민중계몽운동을 전개했다. 저서로 『뜻으로 본 한국 역사』가 있다.

나무는 꽃을 버려야 열매를 맺고,
강물은 강을 버려야 바다에 이른다.
— 『화엄경』

1분 생각 | **버려야 얻는 것**

'버려야 얻는다.' 어머니가 생전에 즐겨 하시던 말씀이다. 무엇인가를 얻으려면 포기하는 것도 있어야 한다면서. 제대로 배운 것 없고, 지극히 평범하게 한평생을 살다 가신 분이지만 그런 어머니의 지혜를 나는 따르지 못한다. 좋은 대학 나오고, 좋은 직장 다니고, 남다른 명예나 지위를 얻어 잘나간다는 사람들 중에도 이런 작은 '버림의 지혜' 하나 터득하지 못한 이들이 얼마나 많은가.

● ● ●　　『화엄경(華嚴經)』| 불교의 최고 경전 중 하나. 원래 이름은 '대방광불화엄경(大方廣佛華嚴經)'으로, 크고 넓고 바른 이치를 깨달은 부처님의 꽃 같이 장엄한 경전이라는 뜻이다. 『법화경(法華經)』을 중심으로 한 천태(天台)사상과 함께 대승불교 교학의 쌍벽을 이루는 화엄사상의 근간이 되는 경전이다. 신라시대 의상을 비롯해 고려 때 균여, 의천 등에 의한 연구가 활발했다.

용기 *courage*

삶을 변화시키고
싶다면

삶의 가장 큰 영광은 결코 넘어지지 않는 것이 아니라
넘어질 때마다 다시 일어서는 것에 있다.
– 넬슨 만델라

눈물 젖은 빵을 먹어 보지 않은 자는
인생의 참다운 맛을 모른다.

– 괴테

1분 생각 | 눈물 젖은 빵

인생은 '고苦'다. 나고, 늙고, 병들고, 죽는 모든 것이 고통이다. 그래서 인생은 존재 자체가 괴로움이다. 쓰라린 사연 하나 가슴에 간직하지 않은 사람이 어디 있을까? 진흙탕에서 뒹굴기도 하고, 모진 가시밭길도 걸어가야 한다. 그게 인생이다. 캄캄한 어둠 속을 헤매기도 하고, 천 길 낭떠러지 벼랑 끝에서 보기도 해야 한다. 그게 삶이다.

독일의 문호 괴테는 "눈물 젖은 빵을 먹어 보지 않은 사람과는 인생을 논하지 말라"고 했다. 그렇다고 일부러 고생할 필요는 없겠다. 젊어 고생은 사서도 한다지만, 요즘은 '젊어 고생은 늙어 고통'이라는 말로 바뀌었으니까 말이다.

● ● ● 　괴테(Johann Wolfgang von Goethe, 1749~1832) | 독일 시인. 소설 「젊은 베르테르의 슬픔」으로 이름을 떨쳤고, 개성 해방 문학운동인 '질풍노도(Sturm und Drang)'의 중심인물이 되었다. 생애의 대작이자 독일 문학의 최고 걸작으로 일컬어지는 「파우스트」를 남겼다. 1808년 괴테를 만난 후 나폴레옹은 "여기도 사람이 있군!"이라는 말을 남겼는데, 이는 당대 최고의 영웅이며 천재로 칭송받던 나폴레옹이 괴테를 자신에 버금가는 인물로 인정한 최고의 찬사였다.

비에 젖은 자는 비를 두려워하지 않는다.

– 네덜란드 속담

1분 생각 | **두려움**

한 꼬마가 아버지를 따라 대중목욕탕에 갔다. 어른들은 김이 펄펄 나는 뜨끈뜨끈한 탕 속에 몸을 잘도 담그고 있다. 하지만 아이는 너무 뜨겁다. 아버지가 재촉한다. "처음 들어오기가 어렵지 그 다음은 괜찮아!" 아이는 용기를 내어 조금씩 탕 속으로 들어가 본다. 참을 만하다. 그리고 풍덩. 아버지 말씀이 틀리지 않다는 것을 안다. 그리고 깨닫는다. 처음 한 번이 어렵지 그 다음은 두려울 게 없다는 것을.

경험만큼 위대한 스승도 없다. 어떤 사무실 벽에서 만난 액자의 다음 구절도 똑같이 그것을 일러주고 있었다.

'소낙비를 맞아 본 사람은 가랑비를 두려워하지 않는다.'

● ● ● 네덜란드(Kingdom of the Netherlands) | 유럽 북해 연안의 작은 나라. 독일, 벨기에와 국경을 맞대고 있다. 면적은 한반도의 5분의 1 크기에 불과하지만, 인구는 1,700만 명으로 인구 밀도 세계 3위다. 국토의 6분의 1은 해수면보다 낮다. 수도는 암스테르담. 1653년 일본으로 가던 중 폭풍우를 만나 제주도에 표류한 네덜란드인 하멜이 쓴 「하멜 표류기」로 우리와는 첫 인연을 맺었다. 2002년 한·일 월드컵의 국민적 영웅으로 떠올랐던 히딩크 전 축구 국가대표팀 감독도 네덜란드 사람이다.

불편함을 동반하지 않는 변화는 없다.
나쁜 쪽으로만이 아니라
좋은 쪽으로의 변화도 마찬가지다.

– 리처드 후커

알을 깨는 아픔을 견뎌야 새는 태어난다. 애벌레가 매미가 되는 데도 몇 년을 어두운 땅속에서 고통을 이겨내야 한다. 사람도 마찬가지다. 달라지려면 뭔가를 참아내고 이겨내야 한다. 이전의 나쁜 습관과 잘못된 행동, 가치 없는 생각들을 과감히 떨쳐내야 한다. 그러고는 새로운 뭔가로 채워야 한다. 아무리 좋은 것도 처음에는 낯설고 불편하다. 하지만 사람은 적응의 동물이다. 아무리 불편한 것도 익숙해지면 편해진다.

● ● ● 리처드 후커(Richard Hooker, 1554~1600) | 영국 성공회 목사. 옥스퍼드 대학교를 졸업했다. 모교 교수로 재임하던 중 성공회(영국 국교회) 목사가 되었다. 당시 세력이 커지기 시작한 청교도와의 대결을 중요한 과제로 삼았으며, 청교도와의 논쟁이 동기가 되어 『교회정치의 법칙』을 저술했다.

절대로 변하지 않는 것이 참 신앙이라고 오해하는
경우가 있다. 하지만 변하지 말아야 하는 것은
진리이지 내가 아니다.

– 림형천

1분 생각 | **믿는 자의 진정한 변화**

사랑과 헌신, 봉사와 섬김, 감사와 기쁨, 화평과 절제, 온유
함과 겸손. 신앙인이라고 하면 생각나는 단어들이다. 앞뒤가
꽉 막혔다, 대화가 안 된다, 겉 다르고 속 다르다 등 정반대의
이미지를 떠올리는 사람도 많다. 그들만의 천국, 그들만의 극
락에 사로잡혀 있기 때문일 것이다.

예수는 혁명이었다. 석가도 혁명이었다. 신앙인이 된다는
것은 그런 혁명의 길을 따르는 것이다. 이전과는 180도 다른
생각의 변화, 행동의 변화, 그리고 삶의 변화. 신앙은 입으로
드러나는 것이 아니라 손으로, 발로, 가슴으로 드러나야 한다.
그것이 믿는 자의 진정한 변화다.

● ● ●   림형천(1955~) | 서울 잠실교회 담임목사. 고려대학교와 장신대 신학대학원을 거쳐
미국 프린스턴 신학대학원 석사, 보스턴 대학교에서 박사 과정을 마쳤다. 뉴욕 롱아일랜드에서
'아름다운교회'를 개척해 미국 동부의 대표적인 한인 이민교회로 키웠다. 2003년부터 LA나성
영락교회에서 시무했으며, 2012년에 서울 잠실교회 담임목사로 부임했다. 저서로는 「새 생명의
삶」, 「성화의 삶」, 「지도자의 삶」 시리즈가 있다.

삶의 가장 큰 영광은 결코 넘어지지 않는 것이 아니라,
넘어질 때마다 다시 일어서는 것에 있다.

– 넬슨 만델라

1분 생각 | **포기하지 않는 집념**

이 말을 읽으며 가장 먼저 떠오른 사람은 김대중 전 대통령
이다. 넘어질 때마다 다시 일어선 오뚝이 인생으로 그만한 사
람이 또 있을까 싶다. 그는 4반세기 동안 한국 민주화 투쟁의
상징이었다. 두 번의 암살 위협과 사형선고도 받았다. 네 번의
도전 끝에 마침내 대통령의 꿈을 이루었다. 집권 후에는 '햇볕
정책'을 펼쳐 2000년에 북한 김정일과 역사적인 평양 회담을
성사시킴으로써 노벨평화상까지 받았다. 과도한 집념과 과격
한 이념, 임기 말 측근 스캔들 등으로 일부 빛이 바래긴 했으
나 그럼에도 그는 한국 현대사의 가장 위대한 인물 중 한 사람
으로 기억될 것이다. 넬슨 만델라가 그랬던 것처럼.

● ● ●　넬슨 만델라(Nelson Mandela, 1918~) | 남아프리카공화국의 인권운동가. 1942년 변호
사 자격증을 취득하였고, 2년 뒤 반인종차별 운동을 하다 1956년에 내란죄로 구속되어 종신형
을 선고받고 27년간 복역했다. 1990년 석방된 뒤 다인종 남아프리카 건설을 위해 노력했으며,
1993년에 백인 정치인 데 클레르크와 공동으로 노벨평화상을 받았다. 이듬해 남아프리카 최초
의 민주 선거에서 최초의 흑인 대통령으로 당선되어 1999년까지 재임했다.

인간의 위대성의 척도는 고통을 감수하는 능력이다.

– 스캇 펙

1분 생각 | **고통에 맞닥뜨렸을 때**

위대한 사람은 고통이 곧 기쁨이라는 역설을 일상화하면서 살아간다. 현명한 사람은 어떤 문제가 부딪쳐 와도 두려워하지 않고 오히려 그것을 반기며, 문제가 주는 고통까지 기꺼이 받아들인다. 그러나 대부분의 사람들은 그렇지 못하다. 가능한 한 문제를 회피하려 하고, 문제로부터 달아나려고 한다. 사람들은 대개 피하려고 했던 바로 그 고통보다 피하려고 하는 마음 때문에 더 고통스러워진다는 것을 종종 망각한다.

'하나님은 미쁘사 너희가 감당치 못할 시험당함을 허락지 아니하시고 시험당할 즈음에 또한 피할 길을 내사 너희로 능히 감당하게 하시느니라.' (고린도전서 10:13)

고통에 맞닥뜨렸을 때 늘 힘이 되는 한마디는 바로 이 한 구절이다.

● ● ● 스캇 펙(M. Scott Peck, 1936~2005) | 미국의 정신과 의사, 작가. 하버드 대학을 졸업하고 심리상담자로서 미국 행정부의 요직을 역임했다. 1978년에 출간된 그의 첫 책 『아직도 가야 할 길』은 북미 지역에서만 600만 부가 팔린 초대형 베스트셀러로, 종교와 정신심리학을 밀접하게 연결시켜 많은 독자들의 영적 갈증을 풀어 주었다.

슬픔의 새가 머리 위를 못 지나가게 할 수는 없지만
그 새가 머리 위에 둥지를 틀지 못하게는 할 수 있다.
– 스웨덴 격언

1분 생각 | 슬픔을 이겨내는 방법

비애(悲哀, 슬프고 서러운 일). 비통(悲痛, 몹시 슬퍼서 마음이 아픔).
비감(悲感, 몹시 슬픈 느낌). 애통(哀痛, 너무 슬퍼 가슴이 아픔). 애절
(哀切, 창자가 끊어질 듯 몹시 슬픔). 애수(哀愁, 마음이 슬퍼지는 근심
걱정의 마음).

슬픔을 표현하는 말에도 이렇게 종류가 많다. 누구에게나
불현듯 찾아오는 슬픔, 피할 수 있으면 피하고 싶다. 하지만
슬픔은 이기는 것이 아니다. 이길 수도 없다. 기쁨은 나누면
두 배가 되지만, 슬픔은 나누어도 여전히 슬프다. 유일한 약은
세월이다. 눈물이 나면 울고, 괴로우면 괴로워해야 한다. 슬픔
이라는 둥지를 털어내는 최선의 방법은 그렇게 시간을 흘려보
내는 것뿐이다.

• • •　스웨덴(Sweden) | 북유럽 스칸디나비아 반도 동쪽에 있는 입헌 군주제 국가. 수도는
스톡홀름. 인구는 약 850만 명. 유럽 국가 중 네 번째로 넓은 국토를 가지고 있으며, 북동쪽은
핀란드, 서쪽은 노르웨이와 접하고, 남서쪽으로는 덴마크, 독일과 해협을 사이에 두고 면해 있
다. 노벨상 시상국으로 유명하다.

변하지 않으면 당신은 사라지고 말 것이다.

– 스펜서 존슨

1분 생각 | **변화의 이유**

천지간에 변하지 않는 것은 없다. 절대 권력도 부귀영화도, 사랑도 눈물도, 이별도 한숨도, 세상 모든 것은 시간이 지나면 빛이 바래고 시들기 마련이다.

고대 그리스의 철학자 헤라클레이토스는 "같은 강에 두 번 발을 들여 놓을 수 없다(You can't step into the same river twice)"라고 했다. "바뀐다는 것 외에는 영원한 것은 없다(There is nothing permanent except change)"라는 말도 남겼다.

모든 살아있는 것은 변한다. 변하지 않는 것은 죽은 것이다. 변화를 두려워하지 말아야 할 이유다.

● ● ●　스펜서 존슨(Spencer Johnson, 1940~) | 『누가 내 치즈를 옮겼을까?』의 저자. 작가, 강연자, 상담가로 활동 중이다. 1963년 심리학 전공으로 남가주 대학(UCS)을 졸업한 뒤, 아일랜드 왕립의과대학에서 의학박사 학위를 받았다. 하버드대학 행정대학원 공공리더십센터 고문, 세계적인 컨설팅 기업 '스펜서 존슨 파트너스'의 회장으로 있다.

새로운 기회에는 항상 '예스'라고 답하라.

– 에릭 슈미트

맞다. 지나온 길을 돌아보니 정말 그렇게 대답했어야 했다. 익숙한 것과의 결별이 두려워서, 새로운 것과의 만남이 두려워서 그냥 주저앉았던 적이 얼마나 많았던가.

도전은 반란이다. 반란은 그냥 해보는 것이 아니다. 자신의 모든 것을 걸어야 한다. 때론 목숨까지도.

누구에게나 기회가 온다. 하지만 대부분 이리 재고 저리 살피는 사이에 휙 지나가고 마는 것이 기회다. 그러니 새로운 기회다 싶으면 일단 '예스' 하고 받아야 한다. 저지르지 않으면 어떤 결과도 나오지 않는다.

● ● ●　에릭 슈미트(Eric Emerson Schmidt, 1955~) | 세계적인 IT 기업 구글의 CEO. 프린스턴 대학교를 졸업한 후 UC버클리에서 컴퓨터공학 박사 학위를 받았다. 선마이크로시스템에서 '자바' 개발에 관여했으며, 리눅스 업체인 노벨에서 CEO를 역임했다. 2001년 구글에 합류해 세계 최대의 인터넷 기업으로 키워냈다. 2012년 9월 한국을 방문, 장차 CEO가 되고 싶다는 학생들에게 "CEO가 되려 하지 말고, 먼저 자신이 사랑하는 일부터 하라"고 충고했다.

당신이 저지를 수 있는 가장 큰 실수는
실수를 할까 끊임없이 두려워하는 것이다.

– 엘버트 허바드

1분 생각 | 가장 큰 실수

실수는 누구나 할 수 있다. 원숭이도 나무에서 떨어질 때가 있고, 싸움에서도 실수는 흔히 있는 법이다. 그래서 한 번 실수는 '병가지상사兵家之常事'라는 말도 생겼다. 하지만 말이 그렇지, 요즘 같은 세상엔 그 실수조차 잘 통하지 않는다. 단 한 번의 실수로 모든 것이 물거품이 되는 경우가 허다하기 때문이다. 그렇다고 실수를 두려워하여 안달하다가는 더 큰 실수를 하는 어리석음은 없어야 하겠다. 그래서 실수를 두려워하는 것을 가장 큰 실수라 했나보다.

● ● ●   엘버트 허바드(Elbert Hubbard, 1856~1915) | 미국 작가. 칼럼니스트. 자기개발에 관한 명언을 많이 남겼으며, 의지를 키우기 위한 자기 훈련의 중요성을 강조했다. 그가 남긴 또 다른 명언. '인생을 너무 심각하게 받아들이지 마라. 산 채로 세상을 떠나는 사람은 없다.'

악이 승리하기 위해 필요한 것은
선한 사람이 아무 일도 하지 않는 것뿐이다.

– 에드먼드 버크

선한 사람이란 '선한 양심'을 가진 사람이다. 선한 양심이란 옳은 길을 가도록 재촉하는 내 안의 다그침이다. 또 그 길로 과감히 들어서는 용기이고, 그 길을 지켜 벗어나지 않으려는 인내다. 신앙인이라면 기도와 간구로, 그렇지 않은 사람은 양식과 의지에 기대어서라도 지켜야 하는 것이 또한 선한 양심이다.

물론 선한 자의 침묵과 방관으로 악의 꽃이 피어나는 일은 없어야 하겠다. 다만 문제는 선과 악의 구분이 모호해진 이 시대에 과연 어느 것이 진짜 선이고, 진짜 악인지 얼마나 잘 분별할 수 있느냐 하는 것이다.

● ● ● 에드먼드 버크(Edmund Burke, 1729~1797) | 아일랜드 출신의 영국 보수주의 정치가. 정치적 권력 남용에 반대했으며, 시민의 행복과 정의를 실현하는 정치제도와 방법을 주장했다. 1774년부터 1780년까지 영국의 대표적 무역항 브리스톨 출신 하원의원이었던 그는 하원의 주요 법안 표결에서 전체 영국의 국익을 우선시하여 선거구 주민들의 요구와는 정반대의 투표를 한 것으로 유명했다.

고난을 피하지 마라. 그것은 신이 내린 선물이다.

— 아이아코카

1분 생각 | **신의 선물**

고생 끝에 낙이 온다고 했다. 그리고 젊어 고생은 사서도 한 다는 말도 있다. 하지만 이런 말이 진리이기만 하던 시절은 지 났다. 요즘은 고생 끝에 골병든다는 말이 더 호응을 얻고, 젊 어 고생은 늙어 골병든다는 말이 더 공감을 불러일으킨다.

그렇지만 살아가면서 어찌 고난이 없기를 바랄까. 하늘도 우리가 감당하지 못할 만큼의 고난은 절대 내리지 않는다고 했는데.

● ● ●　아이아코카(Lido Anthony Iacocca, 1924~) | 아일랜드계 미국 기업인. 머스탱 자동차 개발로 포드의 황금시대를 이끌었지만, 영문도 모른 채 해고당했다. 이후 1978년 부도 직전의 크라이슬러 사장으로 취임하여 기사회생시켰다. 당시 '연봉 1달러'만 받겠다고 선언하고 정부 보증 대출을 얻어내 죽어 가던 기업을 살려낸 것은 지금도 경영학의 모델로 인구에 회자된다.

사람들은 화창한 날씨를 고대하지만,
매일 날씨가 좋으면 사막이 된다.

Although people long for perfect weather, if there was perfect
weather every day, the land will turn into a desert.

– 오그 만디노

1분 생각 | **걸림돌과 디딤돌**

비도 오고 바람도 불어야 한다. 아무리 비옥한 땅도 좋은 날
만 계속 되면 사막이 될 뿐이다.

거친 비바람이 사람과 조직을 강하게 만든다. 실력과 힘은
싸우면서 배양되고, 용기와 인내 또한 시련 속에서 길러진다.
평탄한 길만 기대하지 말자. 인생길을 걷다 보면 돌부리도 있
고 바위도 만나리라. 그렇지만 돌이라고 다 같은 돌이 아니다.
걸려 넘어지는 자에겐 걸림돌이지만, 그걸 딛고 더 높이 올라
가는 사람에겐 디딤돌이다.

● ● ●   오그 만디노(Og Mandino, 1923~1996) | 문학평론가, 미국 작가. 자기개발 전문가 겸
성공학 작가다. 1968년에 첫 책 『세상에서 가장 위대한 세일즈맨』을 출간하였고, 이후 내는 책
마다 베스트셀러를 기록했다. 저서로는 『당신을 성공으로 이끄는 인생 선택』, 『아카바의 선물』,
『세상에서 가장 위대한 상인』, 『세상에서 가장 위대한 기적』 등이 있다.

선거는 99%에게 주어진, 1%를 심판할 수 있는
유일한 기회다.

– 이충섭

1%는 '한 줌'이다. 그러나 세상은 언제나 한 줌도 안 되는 1%가 쥐고 흔든다. 그 한 줌도 안 되는 무리들을 비호하는 세력들이 활개를 친다. 2011년 미국에서 '월스트리트 점령' 시위가 한창일 때의 구호가 '99%'였다. 그들은 1%의 탐욕스런 부자들이 세상의 부를 다 가져가고 있다고 외쳤다. 시위는 뉴욕을 넘어 미국 전역으로 확산됐고, 캐나다와 뉴질랜드를 거쳐 유럽까지 번졌다. 하지만 세상은 조금도 달라지지 않았다. 과거에는 세상을 바꾸려면 숙명적으로 피를 흘려야 했다. 하지만 더 이상 혁명은 폭력만을 요구하지는 않는다. 99%의 마음을 모으는 일, 그것이 세상을 바꾸는 첫걸음이다. 그것이 선거다.

● ● ●　이충섭(1963~) | 물리학 박사. 서울대 전기공학과를 졸업한 후 유학을 마치고 미국 대학에서 가르쳤다. 국악, 민속 등 한국학에 관심이 많으며, 환경운동에도 조예가 깊다. 서울대 동문 인터넷신문 '아크로폴리스타임스'에 수준 높은 글을 자주 발표한다. 지금은 LA에 정착하여 특허변호사 사무실에서 일하고 있다.

이것은 시련이지 실패가 아니다.

내가 실패라고 생각하지 않는 한 실패는 없다.

– 정주영

1분 생각 | 시련은 있어도 실패는 없다

정주영은 무에서 유를 창조한 사람이다. '하면 된다!'는 정신으로 대한민국 현대사에 큰 획을 그었다. 그의 자서전 『시련은 있어도 실패는 없다』 속에 다음과 같은 구절이 나온다.

"장애는 뛰어넘으라고 있는 것이지 걸려 엎어지라고 있는 것이 아니다. 사람들은 곤경에 처하면 어떻게 할 방법이 없다, 길이 아무데도 없다는 체념의 말을 곧잘 한다. 그러나 그렇지 않다. 찾지 않으니까 길이 없는 것이다. 빈대처럼 필사적인 노력을 안 하니까 방법이 없어 보이는 것이다. 스스로 운이 나쁘다고 생각하지 않는 한 나쁜 운이라는 것은 없다."

이런 말을 듣는 것만으로도 우리는 그에게 많은 빚을 졌다.

● ● ●　정주영(鄭周永, 1915~2001) | 현대그룹 창업자. 아호는 아산(峨山). 강원도 통천 출생. 그의 일생은 도전과 고정관념 깨기의 연속이었다. 가난한 농부의 장남으로 태어났지만 아무리 열심히 일해도 입에 풀칠하기도 힘든 현실에서 벗어나기 위해 죽자고 일해 쌀가게 주인이 되었고, 정신없이 달려 건설 회사를 만들었으며, 결국 현대그룹이 세계적 기업이 되는 초석을 놓았다. 1992년에는 통일국민당을 창당하여 정치에 입문, 대통령선거에 출마하기도 했다.

인내는 쓰다. 그러나 그 열매는 달다.

– 장 자크 루소

1분 생각 | **돌고 또 돌고**

하도 유명해서 오히려 진부해져 버린 명언이지만, 그렇다고 그 내용의 무게가 달라진 것은 아니다. '흥진비래興盡悲來요 고진감래苦盡甘來'라고 했다. 즐거운 일이 다하면 또 슬픈 일이 오고, 괴로움이 다하면 마침내 달콤한 순간도 오듯 어차피 세상일은 좋고 나쁜 일이 돌고 도는 것. 그것이 또한 현재를 견디는 힘이다.

'청산 속에 묻힌 옥도 갈아야만 광채 나네. 낙락장송 큰 나무도 깎아야만 동량 되네. 공부하는 청년들아 너의 직분 잊지 마라. 새벽달은 넘어가고 동천조일東天朝日 비쳐 온다.'

옛 유행가 「학도가」의 1절 가사다. 루소의 이 명언을 부연 설명하는 데 딱 어울리는 노래가 아닌가.

● ● ●   장 자크 루소(Jean Jacques Rousseau, 1712~1778) | 18세기 프랑스의 계몽사상가, 철학자, 사회학자, 교육론자. 출신에 관계없이 모든 인간은 평등하다고 보면서 사회계약론을 주장했다. 자연 상태의 인간성을 회복해야 한다는 그의 사상은 19세기 프랑스 낭만주의 문학의 선구가 되었다. 『사회계약론』, 『인간불평등기원론』, 『에밀』, 『고백록』 등을 남겼다.

물어보는 사람은 잠시 바보가 된다.

그러나 묻지 않는 사람은 영원히 바보가 된다.

– 중국 격언

1분 생각 | 모른다고 말할 수 있는 용기

공자가 말했다. "아는 것을 안다고 하고, 모르는 것을 모른다고 하는 것이 참으로 아는 것이니라(知之爲知之 不知爲不知 是知也)."

소크라테스도 말했다. "너 자신을 알라."

몰라서 묻는 것이 부끄러운 것이 아니라 계속 모르는 것이 더 부끄러운 것이다. 그러나 정말 부끄러운 것은 모른다는 것조차 모르는 것이다. 모르는 것을 모른다고 말하는 것만큼 큰 용기는 없다. 그런데도 모르는 것을 안다고 말하고, 아는 것을 모른다고 말하는 사람들이 이렇게도 많으니 어찌 세상이 바로 돌아갈 것인가.

●●● 　중국(中國) | 정식 명칭은 중화인민공화국(中華人民共和國). 수도는 베이징. '중국' 또는 '중화'라는 이름의 중(中)은 중심, 화(華)는 문화라는 뜻으로 천하의 중심 또는 세계 문화의 중심이라는 뜻이다. 2012년 현재 인구 13억4천만 명으로 세계 1위. 국토 면적은 러시아와 캐나다에 이은 세계 3위. 동쪽으로는 북한, 북쪽으로 몽골과 러시아, 서쪽으로는 아프가니스탄 · 파키스탄 · 인도 · 네팔, 남쪽으로는 미얀마 · 라오스 · 베트남 등과 국경을 맞대고 있다.

어제와 다른 오늘, 오늘과 다른 내일.
그 하루하루의 차이가 기적을 만든다.

― 정진홍

| **새롭게, 또 새롭게**

일신 우일신日新又日新. 누구나 한 번쯤 좌우명으로 삼아봤음
직한 구절이다. 날마다 새롭게, 또 새롭게. 중국 주周나라 탕왕
湯王 고사에도 나온다.

탕왕은 은殷나라 폭군 걸왕桀王의 마지막을 지켜보았다. 그
리고 걸왕의 과오를 되풀이하지 않기 위해 세숫대야에 이 구
절을 새기고 매일 아침 보고 또 보았다. '새롭게, 또 새롭게.'
세숫대야의 물로는 얼굴을 씻었고, 이 구절로는 마음을 씻은
것이다. 중국 고대의 태평성대는 어제와 다른 오늘, 오늘과 다
른 내일을 만들고자 했던 위대한 임금의 이런 분투 속에서 이
뤄진 것이었다.

● ● ●　정진홍(1963~) | 성균관대학교 신문방송학과에서 학사, 석사, 박사 학위를 받았다. 현
재 중앙일보 논설위원으로 '소프트 파워'라는 칼럼을 매주 연재하고 있다. 문민정부 초기에 청
와대 비서실장 보좌관으로 2년간 일했으며, 방송국 시사 프로그램 사회자로도 활약했다. 8년간
한국예술종합학교 영상원 교수를 지냈다. 저서로는 『인문의 숲에서 경영을 만나다』 1, 2, 3권
시리즈가 있다.

용기를 내라, 그게 어쨌단 말인가.

– 『차라투스트라는 이렇게 말했다』 중에서

많은 사람들이 말한다. 실패가 기회라고. 실패는 성공의 어머니라고. 누가 그걸 모르나. 실패가 직접 내 문제가 되었을 때는 이런 말들이 별로 도움이 안 된다는 것이 문제이지. 그래서 '뭐 어때'라는 경구가 더 빛을 발하는 것이다.

아직도 할 일은 많고, 내일은 또 내일의 태양이 떠오른다. 그러니 이제부터는 이렇게 말하자.

"그래, 나 실패했다. 그래, 그게 어쨌단 말인가."

"그래, 나 반밖에 성공하지 못했다. 그래, 그게 무엇이 이상한가."

● ● ●　『차라투스트라는 이렇게 말했다(Also sprach Zarathustra)』| 독일의 사상가이자 철학자인 니체의 대표작. 차라투스트라는 조로아스터의 독일식 이름이다. 유명한 '신은 죽었다'와 '괴물과 싸우는 자는 괴물이 되지 않도록 주의해야 한다'라는 말도 이 책에 나온다.

사랑도 이상도 모두를 요구하는 것,
모두를 건다는 건 외로운 거야.

– 조용필 노래 「킬리만자로의 표범」 중에서

1분 생각 | **운명을 건다는 것**

1980년대 말 어느 겨울. 서울의 허름한 반지하 방 이불 속
에서 나는 밤마다 이 노래를 들었다. 가사를 음미하면 가슴이
벅차오르고, 때론 까닭모를 눈물도 흘렸다. 그리고 30여 년.
아직도 이 노래는 심장을 뛰게 한다. 하지만 이제 눈물은 마르
고, 가슴도 그때만큼 쿵쾅거리지 않는다. 내가 떠나보낸 것도
아닌, 그렇다고 내가 떠나온 것도 아닌 세월 탓이라고 밖에는
설명할 길이 없다. 사람을 그렇게 전율케 했던 가사임에도 난
여태껏 어디에도 제대로 한 번 모든 것을 걸어보지 못했다. 꿈
도 사랑도, 그리고 이상도. 그렇게 흘려보내 버린 시간들이 아
쉬울 따름이다.

● ● ● 「킬리만자로의 표범」| 1986년에 나온 조용필의 8집 앨범 타이틀곡. 대중가요로는 유
례가 드문 장장 6분 가까이 되는 긴 노래다. 김희갑 작곡, 양인자 작사. 킬리만자로의 표범은
치열한 삶의 전쟁터에서 상처받고 배신당하면서도 끝내 타협하지 않고 고고하게 살려는 사람을
상징한다. 다음은 2절 가사 전문.
  '사랑이 외로운 건 운명을 걸기 때문이지. 모든 것을 거니까 외로운 거야. 사랑도 이상도 모두
를 요구하는 것. 모두를 건다는 건 외로운 거야. 사랑이란 이별이 보이는 가슴 아픈 정열. 정열
의 마지막엔 무엇이 있나. 모두를 잃어도 사랑은 후회 않는 것. 그래야 사랑했다 할 수 있겠지.'

무지개를 즐기려면 먼저 비부터 좋아해라.

To enjoy the rainbow, first enjoy the rain.

– 파울로 코엘료

어떤 이는 말한다. 무지개를 보고 싶다면 비를 견뎌야 한다고. 비바람이 지나면 찬란한 무지개가 뜨는 것처럼 어떠한 절망 속에서도 꿈과 희망을 버리지 않고 긍정적으로 열심히 살다 보면 끝내 행복과 성공을 이룰 수 있다고.

하지만 비를 견딘다고 언제나 무지개를 볼 수 있는 것은 아니다. 인생의 무지개도 마찬가지다. 행복과 성공은 참고 견뎌서 얻어지는 인내의 열매가 아니다. 그저 매 순간을 절정이라 여기고 누리고 즐길 때 얻어지는 것이 진정한 행복이다.

그냥 비를 좋아하자. 그러다 보면 무지개를 볼 수도 있다. 실컷 비를 즐긴 다음이라면 설령 무지개를 보지 못한들 또 어떠리.

● ● ● 파울로 코엘료(Paulo Coelho, 1947~) | 브라질 작가. 극작가, 연극 연출가, 저널리스트, 대중가요 작사가로도 활동했다. 그의 장편소설 『연금술사』는 한국에서도 유명하다. 『순례여행』, 『11분』, 『흐르는 강물처럼』 등의 작품이 있다.

인생은 초콜릿 상자 같은 거야.
열어 보기 전에는 무엇을 집을지 알 수가 없어.

Life is like a box of chocolates.
You never know what you're gonna get.

− 영화 「포레스트 검프」 중에서

1분 생각 | **복불복**

형형색색 초콜릿이 종류별로 들어 있는 초콜릿 상자. 미국인들이 가장 즐겨하는 선물 아이템이다. 그걸 한 번이라도 본 사람은 이 말을 더 잘 이해할 것이다. 어떤 맛의 초콜릿일지 먹어 보기 전에는 알 수가 없다는 것을.

인생도 그렇다. 끝까지 해보기 전에는 무슨 일이 생길지, 어떤 결과가 나올지 아무도 알 수 없다. 어떤 초콜릿을 선택하느냐에 따라 맛이 달라지듯 우리 인생도 선택의 연속이다. 어떤 선택을 했느냐에 따라 쓴 맛을 경험할 수도, 달콤함에 빠질 수도 있는 것이다. 그렇다고 우리 삶을 복불복福不福, 대충 아무렇게나 살아도 된다는 말은 아닐 터인데.

● ● ● 「포레스트 검프」(Forrest Gump,1994) | 영화감독 로버트 저메키스의 1994년도 작품. 톰 행크스 주연. 아이큐 75의 순수한 청년 눈에 비친 세상을 그린 영화다. 윈스톤 그룹의 동명 소설(1986년)을 기반으로 했으며, 1994년에 출시된 영화 중 최고의 흥행을 기록했다. 13개의 아카데미상 후보에 올랐고, 그중 작품상, 감독상, 남우주연상 등 6개 부문을 수상했다.

길을 찾을 수 없다면 길을 만들어라.

– 한니발

　역사를 보면 전쟁에서는 졌지만 더 위대한 장군으로 기억되는 이들이 있다. 뛰어난 전략가로 로마에 맞섰지만 천운을 얻지 못해 끝내 패장의 운명을 맞아야 했던 한니발이 그런 사람이다. 로마의 어린아이들 울음까지 그치게 만들 정도로 용맹했던 한니발. 그는 아무도 생각하지 못한 알프스 길을 선택했고, 끝내 그곳을 넘었던 도전가였다.

　중국 초나라의 영웅 항우項羽도 비슷했다. 한니발과 거의 동시대를 살았던 그는 진나라를 멸하고 한나라의 유방劉邦과 겨뤄 연전연승했으나 마지막에 패하여 자살하고 말았다.

　그들이 위대했던 이유. 첫째, 뛰어난 전략가였다. 둘째, 누구도 따를 수 없을 만큼 용맹했다. 셋째, 길이 없으면 만들어서라도 나아갔던 도전정신의 소유자들이었다.

● ● ●　한니발(Hannibal, BC 247~BC 183) | 고대 카르타고의 정치가이자 장군. 카르타고는 지금의 튀니지다. 제2차 포에니 전쟁(한니발 전쟁)을 일으켜 예상을 뒤엎고 피레네 산맥과 알프스를 넘어 이탈리아로 진격해 로마군을 격파했다. 그러나 로마의 스키피오 장군이 카르타고 본국을 공격하자 어쩔 수 없이 귀국하여 굴욕적인 강화를 맺었다.

돈으로 살 수 없는 경험은 돈으로 따지면 안 된다.

– 홍은택

재미있거나 진하게 살았다는 느낌과 경험은 돈으로 살 수 없다. 이 평범한 진리를 제대로 실천하며 사는 이가 홍은택이다. 2005년, 나이 마흔에 다니던 신문사를 그만두고 미국 유학을 떠났다가 미국 대륙 횡단 자전거 여행을 했고, 그로부터 7년. 쉰 살이 다 된 나이에 그는 남들이 부러워하는 직장, 높은 연봉을 뒤로하고 다시 길을 떠났다. 중국 7대 고도古都를 자전거로 횡단한 것이다.

"풍족해서 걱정 없는 상황보다 긴장되고 아슬아슬한 상황에서 뭔가를 하는 게 성취감도 더 크다. 낯설고 새로운 환경에 날 던지는 걸 두려워하지 않으려 한다."

툭 던지고 일어서는 그의 한마디 한마디가 우리를 각성시킨다.

● ● ●　홍은택(1963~) | 서울대 동양사학과를 졸업한 후 동아일보 워싱턴 특파원을 지내는 등 14년간 기자 생활을 했다. 포털 사이트 네이버 부사장을 역임했다. 저서로는 80일간의 미국 일주를 담은 『아메리카 자전거 여행』이 있다. 2012년 중국의 7대 고도(古都) 4,200킬로미터를 두 달간 자전거로 여행했다.

행동
action

말만 앞서고,
생각만 하는 사람이라면

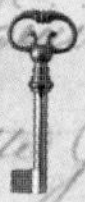

언제든지 할 수 있다고 말하는 사람은
그 언제가 되어도 할 수 없다.

– 스코틀랜드 속담

바람이 불지 않으면 노를 저어라.

If the wind will not serve, take to the oars.

– 라틴 격언

1분 생각 | 걱정하는 것과 행동하는 것

학창 시절, 함께 하숙하던 친구 중에 공부 준비 하나는 정말 잘 하는 친구가 있었다. 시험 때만 되면 온종일 방을 청소하고, 책상을 정리하고, 노트를 찾아 놓고, 간식을 챙기며 공부 준비를 했다. 하지만 정작 책상에 앉으면 피곤했는지 그냥 엎드려 잤다. 이 격언을 보면서 갑자기 그 친구가 생각나는 것은 왜 일까.

그렇다. 늘 뭔가 해야 할 텐데, 해야 할 텐데 고민만 하는 사람들이 의외로 많다. 성과를 바란다면 움직여야 한다. 아는 것과 행동하는 것은 천지 차이다. 이 세상에 걱정으로 바꿀 수 있는 것은 아무 것도 없다.

●●● 라틴(Latin) | 고대 로마 이탈리아 반도 중부 지역을 지칭하는 '라티움(Latium)'에서 나온 말. 라틴인은 그 지역 사람을 말하고, 그들이 쓰던 언어가 라틴어였다. 라틴어는 이후 지중해 전역과 유럽의 주요 언어가 됐으며, 지금의 이탈리아어, 프랑스어, 스페인어, 포르투갈어, 루마니아어 등은 모두 라틴어의 후손이다. 근대 이후에는 스페인을 '라틴'이라 부르는 경우가 많았고, 지금도 중남미를 '라틴아메리카'로 부르는 것은 그 지역 대부분이 스페인 식민지였기 때문이다.

지금까지 철학자들은 세계를 여러 가지로 해석만 해왔다.
그러나 중요한 것은 세계를 변화시키는 일이다.

– 마르크스

눈으로만 글 읽는 자, 입으로만 말하는 자들을 향한 질타다. 행동이 따르지 않는 지식인들을 향한 조소이기도 하다.

20세기는 마르크스의 세기였다. 그로부터 파생된 계급투쟁과 공산 혁명의 열풍이 지구를 뒤덮었고, 무수한 젊은이들이 그가 꿈꾼 세상을 그리며 청춘을 불살랐다. 세상을 바꾸겠다는, 무모했지만 결코 무모하지 않았던 이념들. 하지만 그를 입에 올리는 것만으로도 불온으로 취급받던 시대였다. 불과 20~30년 전이다. 이제 더 이상 그를 읽지 못하게 하는 사람은 없다. 아니 이제는 그의 책을 읽으려는 사람조차 사라져 버렸다. 아직도 마르크스냐며 숫제 비웃음을 흘리기까지 한다. 격세지감이다.

● ● ●　　마르크스(Karl Heinrich Marx, 1818~1883) | 독일 철학자, 경제학자 겸 사회혁명가. 유물론과 '공산당 선언' 등으로 철학에서부터 정치, 경제학, 그리고 혁명에 이르기까지 그의 영향력은 19~20세기의 세계를 휩쓸었다. 그는 지금까지 존재한 모든 사회의 역사는 계급투쟁의 역사였으며, 계급을 철폐해야만 착취가 사라질 수 있다고 주장했다. 『경제학 비판』, 『자본론』 등을 남겼다.

앞으로 20년 후에 당신은 저지른 일보다는
저지르지 않은 것에 더 실망하게 될 것이다.

– 마크 트웨인

1분 생각 | **후회하지 않는 삶**

돌아보는 삶은 늘 후회스럽다. 그때 그렇게 했더라면, 그때
그러지 않았더라면, 그때 조금만 더 참았더라면, 그때 조금만
더 노력했더라면.

말기 암 환자를 돌보는 호스피스로 일하는 오스트리아의 간
호사 브로니 웨어는 환자들과 대화를 나누면서 사람들이 죽기
전에 가장 후회하는 것이 다음의 다섯 가지라는 것을 알아냈다.

첫째, 남 눈치 보지 말고 내 뜻대로 좀 살 걸. 둘째, 일 좀 덜
하고 소중한 사람들과 좀 더 많은 시간을 보낼 걸. 셋째, 내 감
정에 좀 더 충실할 걸. 넷째, 친구들과 좀 더 잘 지낼 걸. 다섯
째, 좀 더 도전하며 살 걸.

죽음 앞에서 후회하지 않을 삶. 이 속에 답이 있지 않을까?

● ● ● 마크 트웨인(Mark Twain, 1835~1910) | 미국 소설가. 가장 미국적인 작가로 평가받고
있으며, 힘 있고 대범한 유머로 인기가 높았다. 『허클베리 핀의 모험』, 『톰 소여의 모험』 등으로
우리에게도 친숙하다. 만년에는 미국의 대외 침략을 비판하며 반제국주의, 반전 활동에 열성적
으로 참여했다.

미친 사람이 운전하는 차에 희생되는 사람들을
돌보는 것만이 목사로서 내가 할 일은 아니다.
그 미친 사람의 운전을 중단시키는 것 또한 내 과제였다.
– 본회퍼

1분 생각 | **행동하는 양심**

　본회퍼 목사의 신학은 그의 순교자적 죽음으로 인해 더욱
빛이 났다. 본회퍼를 얘기할 때 늘 제기되는 문제가 있다. 목사
요, 신학자인 그가 어떻게 사람을 죽이는 히틀러 암살 계획에
가담할 수 있느냐는 것이었다. 이에 대한 본회퍼의 대답이 감
옥에서 동료에게 말했다는 바로 이 한마디다. 본회퍼의 행동
은 폭력, 비폭력의 문제가 아니다. 그의 행동은 역사와 인간에
대한 책임 윤리와 불의와 압제에 대한 저항권의 입장에서 평
가되어야 한다. 그의 실천적 신앙은 우리를 왜소하게 만든다.
오직 절대자 앞에서만 뜨거웠던 그의 삶은 크리스천들에게는
더 이상 비겁한 신앙인이 되지 말라는 일깨움의 송곳이다.

● ● ●　　본회퍼(Dietrich Bonhoeffer, 1906~1945) | '독일의 양심'으로 불리었던 천재 신학자.
1927년에 신학박사 학위를 받았고, 베를린 대학에서 강의하면서 목사 안수를 받았다. 2차 세계
대전 당시 나치에 저항하다가 히틀러 정권 전복 단체에 합류, 1943년 체포되어 나치 정권 붕괴
직전인 1945년 4월 9일에 교수형을 당했다.

자신의 불행을 생각하지 않게 하는 가장 좋은 방법은
일에 몰두하는 것이다.

– 베토벤

1분 생각 | **불행을 극복하는 방법**

베토벤은 웅대한 구상과 강렬한 생명력이 배어 있는 필생의 대작 '영웅 교향곡'을 썼다. 당대의 영웅 나폴레옹에게 헌사하기 위해서였다. 그의 나이 33세 때였다. 그러나 나폴레옹이 종신 집권을 꾀한다는 말을 듣자 더 이상 그는 영웅이 아니라며 헌사를 취소했다. 청각 장애라는 절대 불행을 이겨내며 불후의 명곡들을 써 냈던 악성 베토벤의 강직함을 엿보게 하는 일화다. '바쁜 사람은 아플 겨를이 없다'는 말도 베토벤 같은 이를 두고 한 말이 아닐까.

● ● ●   베토벤(Ludwig van Beethoven, 1770~1827) | 독일 작곡가. 고전파 음악의 완성자이자 낭만파 음악의 창시자로 불린다. 어릴 때부터 본의 궁정 음악가로 있었으며, 빈에 유학하여 하이든에게서 배웠다. 교향곡 '영웅', '운명', '전원'을 비롯해 피아노 소나타 '비창', '월광곡' 등을 썼고, 피아노 협주곡 '황제', 가극 '피델리오' 등을 남겼다.

지상담병紙上談兵이 나라를 망친다.

- 시진핑

'지상담병'이란 탁상공론과 같은 말이다. 원래는 종이 위에서 군사 작전을 짠다는 뜻으로, 사마천이 쓴『사기史記』에서 유래했다. 모의 전투에 뛰어났던 사람이 장수로 발탁되어 실제 전쟁을 이끌었지만 크게 패해 결국 나라를 망하게 했다는 고사다.

중국을 이끌 새 지도자의 취임 일성이 이것이었다. 지도급 인사들이 세상 물정을 모른 채 머리만 굴리고 앉아서는 될 일도 안 된다는 경고다. 중국의 얘기만이 아니다. 선거 때만 되면 황당한 공약으로 혹세무민하고 있는 우리네 정치인들을 향한 경고이기도 하다.

● ● ●   시진핑(習近平, 1953~) | 중국 공산당 총서기. 문화대혁명으로 인해 어린 시절에는 학업을 정상적으로 수행하지 못했고, 농촌 생활을 겪은 이른바 5세대 정치인이다. 칭화대학 졸업. 2007년에 중국 공산당 정치국 상무위원으로 선출되었고, 2012년에 치러진 전국인민대표대회에서 당 총서기에 올라 13억 중국인의 최고 지도자가 되었다.

내가 할 수 있으면 남도 할 수 있다.

– 『손자병법』

기발한 아이디어로 성공한 이야기를 들으면서 이런 말을 할 때가 가끔 있다. "아, 저거. 나도 생각했던 건데."

맞다. 분명히 나도 생각했었다. 하지만 생각에만 머물렀지 행동으로 옮기지는 못했다. 그게 성공한 사람과 그렇지 못한 사람의 차이다.

생각은 누구나 한다. 차이를 결정짓는 건 누가 먼저 행동했느냐. 내가 할 수 있으면 남도 할 수 있다는 이 한마디는 자신의 능력을 과신하거나 자만하지 말라는 경고다. 동시에 남다른 뭔가를 이루기 위해서는 다른 사람과 구별되는 자신만의 능력을 키워야 한다는 일깨움이다.

● ● ● 『손자병법(孫子兵法)』 | 중국 춘추전국시대에 손무(孫武, BC 6세기경)가 지은 병법서. '손자(孫子)'는 손무를 높여 부르는 호칭이다. 병법서로서 뿐만 아니라 인생 문제 전반에 적용되는 지혜의 책으로도 인기가 높다. '싸우지 않고 이기는 것이 최상의 방법이다', '적을 알고 나를 알면 백 번을 싸워도 위태롭지 않다'는 '지피지기(知彼知己) 백전불태(百戰不殆)'라는 말도 『손자병법』에 나오는 문장이다.

언제든지 할 수 있다고 말하는 사람은
그 언제가 되어도 할 수 없다.

– 스코틀랜드 속담

1분 생각 | **지금 당장**

미뤄서 되는 일 하나도 없다. 맘만 먹으면 할 수 있다고 말하는 사람 치고 제대로 하는 사람 못 봤다. 금연? 난 언제든지할 수 있다고 말하는 사람, 절대로 못한다. 공부? 안 해서 그렇지 마음만 먹으면 언제든지 잘 할 수 있다고 하는 녀석, 절대로 그 마음을 먹질 못한다.

안 하는 것이나 못하는 것이나 결과는 같다. 그러니 하려면지금 당장 해야 한다. 싸이도 노래했다. 지금 당장, 지금 당장이라고.

(Right now) 180도 변해 돌고 돌고 지금부터 미쳐 볼란다

(Right now) 63 빌딩 위로 그리고 그 위로 지금부터 뛰어 볼란다

(Right now)

● ● ●　스코틀랜드(Scotland) | 영국 북부 지역을 기반으로 잉글랜드, 웨일스, 북아일랜드와 함께 영국을 구성하는 연합 왕국의 하나. 인구는 530만 명 정도이며, 수도는 에든버러이고, 경제적 중심지는 글래스고이다. 1707년 잉글랜드와 통합됐다가 최근 300년 만에 독립을 주장하고 있다. 2014년 독립 찬반을 묻는 주민투표가 예정되어 있다.

돈으로 행복을 살 수 없다고 말하는 사람은
돈을 가져본 적이 없는 사람이다.

– 새뮤얼 잭슨

1분 생각 | **해본 사람과 못해 본 사람**

기가 막혔다. 잭슨이란 사람, 정말 허를 찔렀다. 상식을 비틀었다. 그리고 부끄러웠다. 습관적으로 "돈이 행복의 전부는 아니잖아!"라고 나도 늘 그렇게 말해 왔으니까.

이런 화법은 또 다른 고정관념까지 흔들어 놓는다, 이렇게.

공부가 인생의 전부가 아니라고 말하는 사람은 공부를 잘 해본 적이 없는 사람이다. 사랑이 별거냐고 말하는 사람은 제대로 사랑을 못해 본 사람이다.

● ● ●　새뮤얼 잭슨(Samuel Leroy Jackson, 1948~) | 미국의 흑인 영화배우. 1981년 「래그타임」으로 데뷔했다. 1991년 칸 영화제에서 남우조연상을 수상했고, 1994년 「펄프픽션」에서 청부살인업자 줄스 윈필드 역으로 아카데미 남우조연상 후보에 올랐다. 「스타워즈」, 「아이언맨」 등 한국에서 개봉한 다수의 유명 영화에도 출연했다.

짐이 가볍기를 바라지 말고,
넓은 어깨를 위해 노력하라.

– 유대인 속담

1분 생각 | ## 서툰 목수

'서툰 목수가 연장 탓한다'는 우리 속담이 있다. 요즘은 '실력 없는 골퍼가 골프채 탓한다'는 말도 쓰인다. 실력도 없으면서 환경 탓부터 하는 사람을 비꼬는 말이다. 그러나 사실 연장이 나쁘면 서툰 목수 될 수밖에 없다. 골프도 실력과 체형에 맞는 골프채라야 더 좋은 성적을 낼 수 있다.

그럼에도 본질은 포장이 아니라 내용물이다. 껍데기가 아니라 실력이다. 괜히 애먼 환경 탓하지 말고 그저 내가 할 수 있는 일부터 잘 하고 볼 일이다.

● ● ● 유대인(Jew, Jewish people) | BC 2000년경 메소포타미아에서 팔레스타인 땅으로 이주해 민족을 이뤘다. '히브리인', '이스라엘인'이라고도 부른다. 디아스포라(離散, 그리스어로 '흩어진 사람들')로 세계 각지를 유랑하며 다른 인종 또는 민족과 섞여 살았기 때문에 백인뿐만 아니라 유색인 유대인도 있다. 전체 인구는 약 1,300~1,400만 명 정도로 추산되며, 그 절반이 아메리카 대륙에 살면서 미국의 정치, 경제, 사회, 문화 전 분야를 주도하고 있다.

부자가 되고 싶은가?
그렇다면 내일 할 일을 오늘 하고,
오늘 먹을 것을 내일 먹어라.

– 유대 속담

1분 생각 | 부자가 되는 비결

유대인들은 대부분 잘 산다. 이 속담처럼 부자가 되는 비결을 확실히 알고 실천하며 살기 때문이다. 2011년 현재 미국에 살고 있는 유대인은 모두 591만 명으로, 전체 미국 인구의 2% 남짓이다. 하지만 그들은 미국의 정치, 경제, 과학, 예술, 언론 분야를 쥐락펴락한다. 2000년 동안 나라 없이 떠돌던 그들이 이렇게 큰 힘을 발휘하는 원천은 무엇일까? 그것은 바로 선민의식이다. 전통에 대한 자부심이다. 성경, 탈무드 등으로 전해진 선조들의 지혜를 생활 속에 실천하는 것이다. 때론 너무 지독하다는 비난도 받지만, 그들의 이런 정신만은 배울 필요가 있지 않을까?

● ● ● 유대(Judea) | 유대라는 이름은 고대 히브리 민족 야곱의 열두 아들 중 한 명인 유다의 자손인 '유다 지파'의 이름을 라틴어 '유대아(Iudaea)'로 음차한 것에서 비롯됐다. 기원전 10세기경 다윗과 솔로몬 왕국은 북쪽의 이스라엘 왕국과 남쪽의 유다 왕국으로 분열됐었다. 이에 따라 전통적으로 가나안 지방 남부를 '유대'라 불렀다. 현재 유대 지역은 이스라엘과 팔레스타인, 그리고 요르단의 일부 지방으로 나뉘어져 있다.

천재란 노력을 계속할 수 있는 재능이다.

– 에디슨

| **천재의 능력**

인류의 삶은 몇몇 천재들의 발명에 의해 편리하게 발전되어 왔다. 대표적인 사람이 에디슨이다. 하지만 에디슨은 스스로 천재가 아니라 노력가였다고 술회했다. "천재는 1%의 영감과 99%의 노력으로 이루어진다"라고 말한 그의 고백도 당연히 진심이었을 것이다.

마음만 먹으면 담배 끊는다고 말하는 사람이 있다. 그러나 마음먹는 것부터가 남다른 의지가 있어야 한다. 노력만 하면 못 이룰 것이 없다고 말하는 사람이 있다. 하지만 노력하는 것 자체가 능력이고 재능이다. 천재란 남다른 결심을 할 줄 아는 사람, 남과 다른 노력을 할 줄 아는 사람을 말한다.

● ● ●　에디슨(Thomas Alva Edison, 1847~1931) | 미국의 발명가. 벤저민 프랭클린, 링컨 대통령, 앤드류 카네기와 함께 미국인들의 추앙을 받는 대표적 위인이다. 전신기, 탄소 전화기, 축음기, 백열전구, 영사기 등 근대 인류 생활의 획기적 변화를 가져온 그의 발명품은 1,000여 종이 넘는다.

네가 좀 더 자자, 좀 더 졸자, 손을 모으고
좀 더 눕자 하니 네 빈궁이 강도 같이 오며
네 곤핍이 군사 같이 이르리라

– 잠언(24:33~34)

게으름 다스리기

게으름은 타고난다. 부지런함 또한 천성이다. 하지만 목표가 뚜렷한 사람은 천성조차도 바꿀 수가 있다. 게으른 자의 말로는 비참하다. 토끼가 경주에서 진 이유도 거북이가 빨라서가 아니라 게으름 때문이었다. 좀 더 자자, 좀 더 졸자, 손을 모으고 좀 더 눕자 하다가 당한 수모였다.

게으름을 다스리지 못하면서 이룰 수 있는 것은 없다. 달콤한 아침잠이 싫은 사람이 어디 있을까. 무엇인가를 이루는 사람들의 공통점은 하루를 남보다 조금 더 일찍 시작한다는 것이다.

● ● ● 잠언(箴言, Proverbs) | 구약성서의 한 부분. '욥기', '전도서'와 함께 구약성서의 지혜문학에 속한다. 솔로몬 왕이 지었다고 하지만, 실제로는 고대 이스라엘인 사이에서 전해 오던 교훈과 격언을 모아 편집한 책이다. 많은 격언과 교훈이 수록되어 있어 올바른 삶의 실천적 규범이 된다. 모두 31개의 장으로 되어 있어 매일 한 장씩 읽기에 좋다. 성경 66권 가운데 크리스천이 아닌 사람들도 가장 많이 읽고 인용하는 책이다.

기도는 하느님을 변화시키기 위해서가 아니라,
자신을 변화시키기 위해서 한다.

– 키르케고르

기도 없는 종교는 없다. 기도祈禱의 원래 뜻은 빌고祈 또 비는禱 것이다. 도대체 무엇을 빈다는 말일까? 모두가 자신의 소망을 빈다. 복 달라고. 건강 달라고. 잘 되게 해 달라고. 하지만 진정한 기도는 나를 채우려는 욕심에서가 아니라 타인을 위한 것이어야 한다. 사랑과 평화, 화해와 협력, 상생의 발전을 위한 간구여야 한다. 하지만 간구에 머물러서는 아무것도 달라지는 게 없다. 내가 움직여야 한다. 움직일 수 있는 마음이 생기는 것, 그게 기도의 응답이다.

● ● ● 키르케고르(Soren Kierkegaard, 1813~1855) | 덴마크의 종교 사상가, 철학자. 실존주의의 선구자로 불린다. 하이데거, 야스퍼스, 칼 바르트 등 수많은 철학자들에게 '실존'이라는 화두를 제시하고, 실존적으로 사고하는 것을 고민하게 만들었다. 『이것이냐 저것이냐』, 『불안』, 『죽음에 이르는 병』 등의 저서를 남겼다.

그래도 하라.

– 마더 테레사

1분 생각 | 가장 좋은 것을 줘라

어제와 다른 오늘, 오늘과 다른 내일, 그런 사랑으로 기적을 만들었던 테레사 수녀. 그녀가 남긴 '그래도 하라!'라는 말은 박정희 전 대통령의 '안 되면 되게 하라!'나 정주영의 '정말 해 봤어?'라는 말과 비슷하지만 차원이 달랐다.

테레사 수녀는 이렇게 말했다.

"당신이 선한 일을 하면 이기적인 동기에서 하는 것이라고 비난받을 것이다. 그래도 하라. 당신이 정직하고 솔직하면 오히려 상처를 받을 것이다. 그래도 정직하고 솔직하라. 사람들은 도움을 요청하면서도 도와주면 공격할지 모른다. 그래도 도와줘라. 세상에서 가장 좋은 것을 줘도 당신은 발길질에 차일지 모른다. 그래도 가장 좋은 것을 줘라."

● ● ●　마더 테레사(Mother Teresa of Calcutta, 1910~1997) | 유고슬라비아의 알바니아계 가정에서 태어나 1928년 로레토 수녀원에 들어갔다. 인도 캘커타에서 평생을 가난하고 병든 사람을 위해 봉사했다. 1950년 10월 '사랑의 선교 수녀회'를 설립하여 빈민과 고아, 나병환자들을 돌보는 일에 헌신했다. 이 무렵부터 '마더 테레사'로 불렸으며, 1979년에 노벨평화상을 받았다.

작은 일에 충성을 다하라. 끝까지 충성하라.
죽도록 충성하라.

– 한경직

1분 생각 | **충성의 대상**

한국 기독교의 거목이었던 한경직 목사의 좌우명이다. 물론 성경에 나오는 말이기도 하다. 한 목사는 이렇게 말했다.

"인간이 세상에 사는 동안 누구나 맡은 책임이 있다. 가정이나 사회나 국가에 대해서도 책임이 있다. 이렇게 책임을 맡은 인간으로서 항상 기억할 것은 충성되게 그 책임을 다하는 일이다."

충성은 마음과 몸, 정성과 수고를 다 바쳐 섬긴다는 뜻. 세상 모든 종교와 이념, 제도와 관습은 이렇게 충성하는 사람이 있기에 지켜진다. 중요한 것은 충성의 대상이다. 한경직 목사는 일평생 하나님께 충성했다. 과연 우리는 무엇에 충성하고 있을까?

● ● ●　한경직(韓景職, 1902~2000) | 목사. 평양 숭실전문과 미국 프린스턴 신학교를 졸업했다. 서울 영락교회를 개척한 한국 기독교의 대표적 목회자다. 죽을 때까지 자신의 이름으로 된 집이나 예금통장 하나 없이 청빈으로 일관했다. 1992년 '종교계의 노벨상'이라 불리는 템플턴상을 받았다. 수상 축하 행사에서 일제 강점기 때 신사참배를 거부하지 못한 사실을 고백해 충격을 주기도 했다.

관계
relationship

주변 사람을 내 편으로
만들고 싶다면

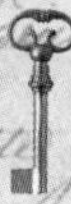

동정은 위에서 내려다보는 시선이다.
그러나 공감은 무릎 꿇고 같은 눈높이에서 함께 바라보는 것이다.

– 박경철

뭔가를 얻고 싶을 때는
원하는 것을 먼저 이야기하지 마라.

– 영화 「대부」 중에서

1분 생각 **협상의 기술**

분쟁, 토론, 협상, 거래. 누군가를 상대로 내 뜻을 관철시켜야 할 자리들이다. 그때 상대방을 설득하여 내가 원하는 것을 제대로 얻어내는 사람이 진정한 협상의 달인이다. 『협상의 기술』이라는 책에 나오는 협상의 핵심 기술 일곱 가지는 이렇다.

첫째, 공짜는 금물! 모든 양보를 교환에 활용하라. 둘째, 높게 시작하라. 셋째, 첫 번째 양보는 과감하게 하되, 이후에는 현저히 줄여라. 넷째, 초기에 자주 딴청을 부려라. 다섯째, 모든 쟁점을 마지막에 하나의 패키지로 매듭지어라. 여섯째, 덤으로 끝내라. 일곱째, 교환을 목적으로 창조적인 양보를 계속해서 발굴하라.

그러나 이 모든 것을 한 방에 보내는 한마디는 바로 이것이다. '원하는 것을 절대로 먼저 이야기하지 말라.'

• • • 「대부(代父, The Godfather)」 | 프랜시스 포드 코폴라 감독이 1972년에 만든 영화. 이탈리아 시실리 출신의 한 이민자가 미국 내 거대한 마피아 조직의 우두머리가 되기까지, 그리고 그 가문의 3대에 걸친 파란만장한 시대사를 그린 대서사 드라마다. 1972년부터 1990년까지 무려 18년에 걸쳐 3부작으로 완성되면서 영화사에 한 획을 그었다. 원작은 마리오 푸조의 동명 소설.

사람을 대할 때는 불을 대하듯 하라.
가까이 갈 때는 타지 않을 정도로,
떨어질 때는 얼지 않을 만큼만.

– 디오게네스

1분 생각 | **만남과 이별**

불가근 불가원不可近 不可遠. 너무 가까이 하지도 말고, 너무 멀리 하지도 말기. 경찰, 의사, 기자를 일러 그렇게들 말하곤 했다. 그것이 줄 것 주고, 받을 것 받으며 살아야 할 세상을 그나마 지혜롭게 살아내는 요령이었기 때문이었을 것이다. 하지만 도무지 사람 사는 재미는 없을 것 같다. 아무리 자주 만난들 어우러지지 못하고 끈끈함, 질펀함 같은 감정조차 하나 없다면 무슨 재미?

사람을 대할 때는 불같이 뜨겁게, 그러나 돌아설 때는 얼음처럼 차갑게. 이런 게 훨씬 더 인간적이지 않을까 싶다.

● ● ● 디오게네스(Diogenes, BC 412~BC 323) | 고대 그리스의 금욕주의 철학자. 참되고 정직한 사람을 찾는다며 대낮에도 등불을 들고 다녔다는 사람이다. 평소 그를 흠모하던 알렉산더 대왕이 햇볕을 쪼이고 있던 디오게네스를 찾아가 무슨 소원이든 들어주겠다고 하자 '지금 당신이 햇빛을 가리고 있으니 좀 비켜 달라'고 말했다는 일화가 전한다.

바보들만이 다른 사람에 대해
비판하고 비난하며 불평한다.

– 데일 카네기

생각해 보니 그랬다. 제 아무리 목소리를 높여 비판하고 비
난한들 누구 하나 달라지게 만든 적이 있었던가. 신문이, 언론
이 아무리 비판하고 외쳐도 "그래 맞소!" 하며 어느 것 하나 속
시원히 바뀌게 한 적이 있었던가. 따지고 보면 비판은 인간을
방어적 입장에 서게 하고, 대개는 그 사람으로 하여금 자신을
정당화하도록 안간힘을 쓰게 만들 뿐이다. 비판은 언제나 한
인간의 소중한 자존심에 상처를 입히고, 원한을 불러일으킬
따름이다.

남에게 대접받기를 원한다면 그대로 남을 대접하라는 게 인
간관계의 황금률이다. 링컨의 평생 좌우명도 '비판하지 말라,
그리하면 너희가 비판받지 않을 것이요' 라는 성경 구절이었다.

● ● ● 　데일 카네기(Dale Carnegie, 1888~1955) | 미국 작가. 자기개발 강사, 교사, 세일즈맨
등으로 사회 생활을 하다가 1912년 YMCA에서 대화 및 연설 기술을 강연하면서 이름이 알려
지게 되었다. 카네기 연구소를 설립하여 인간 경영과 자기개발 강의에 힘썼다. 저서로는 『인간
관계론』, 『성공 대화론』, 『1% 성공 습관』, 『화술 123의 법칙』 등이 있다.

당신이 믿는 것들을 위해 싸우고 밀어붙이세요.
당신은 당신이 생각하는 것보다 훨씬 더 강하니까요.

– 레이디 가가

솔직함과 진심이 담긴 행동

말은 참 이상하다. 아무리 옳은 말을 해도 위선으로 느껴질 때가 있고, 아무리 어눌해도 힘이 실릴 때가 있다. 레이디 가가가 했다는 이 말. 예사롭게 들리지가 않는다.

'나는 생각보다 훨씬 괜찮은 여자야!' 그녀를 세계 최고의 팝가수로 만든 것도 이런 자신감이었을 것이다. 하지만 많은 어른들은 여전히 레이디 가가를 삐딱하게 바라본다. 옷도 이상하게 입고, 노출증까지 걸린 제 정신이 아닌 사람이라고 생각한다. 그럼에도 수많은 젊은이들이 레이디 가가에 열광하는 이유는 무엇일까? 노래를 잘 해서만은 아닐 것이다. 오히려 그녀의 솔직한 말과 진심이 담긴 행동 때문이 아닐까?

● ● ●   레이디 가가(Lady Gaga, 1986~) | 미국 가수. 싱어송 라이터이자 행위 예술가. 브리트니 스피어스 등 유명 가수의 노래를 작곡하면서 경력을 쌓았으며, 2008년에 솔로 가수로 데뷔했다. 첫 음반에 포함된 싱글 곡 'Just Dance'; 'Poker Face'가 전 세계 각종 음악 차트에서 1위에 오르며 대중 스타로 떠올랐다.

믿지 못하면 쓰지 말고, 쓰거든 의심하지 말라.

－『명심보감』

의인물용疑人不用 용인물의用人勿疑. 삼성그룹 창업자 이병철 회장의 용인술이 바로 이것이었다. 삼성그룹만 그랬을까? '의심 가는 사람은 쓰지를 말고, 쓰거든 의심하지 말라'는 이 말은 모든 용인술의 기본이다. 그럼에도 무수한 배신자들이 나와 당혹스런 세태가 되고 있지만 말이다.

그래서 이를 뒤집어 응용하는 사람도 있다. '의심 가는 사람이라도 경우에 따라서는 쓰되, 쓰더라도 믿지는 말라'는 말처럼.

• • • 『명심보감(明心寶鑑)』| 고려 때 어린이들의 학습을 위하여 중국 고전에 나온 선현들의 금언과 명구들을 모아 만든 책, 천자문, 동몽선습(童蒙先習)과 함께 한문 교육의 기초 과정 교재로 사용되었다. '명심'이란 마음을 밝게 한다는 뜻이며, '보감'은 보물과 같은 거울로서의 교본이 된다는 뜻이다.

막 사 입어도 일 년 된 듯한 옷,
10년을 입어도 일 년 된 듯한 옷.

– 문애란

1분 생각 | **익숙함과 신선함**

한 20년 전쯤 되겠다. 어떤 신사복 광고에서 만난 이 한 마디 카피를 보고 '아하!' 무릎을 쳤던 기억이 지금도 생생하다. 그러면서 나도 그런 사람이 되었으면 했다. 처음 만나도 일 년쯤 만난 듯 친숙한 사람, 10년을 만나도 일 년밖에 안된 듯 신선함을 잃지 않는 사람.

그리고 세월이 흘렀다. 과연 나는 지금 어떤 사람이 되어 있을까?

● ● ●　문애란(1953~) | 광고인. 서강대 신문방송학과 졸업. 광고 회사 제일기획 공채 출신으로 국내 여성 카피라이터 1호로 꼽힌다. '열심히 일한 당신, 떠나라' 같은 유명한 카피를 무수히 썼다. 독립 광고 대행사 '웰콤'을 이끌며 업계 1위까지 끌어올리는 등 경영인으로서도 수완을 발휘했다. 지금은 일선에서 물러난 뒤 국제 어린이 양육단체 '한국컴패션'의 후원자 겸 자원봉사자로 활동하고 있다.

감동할 줄 모르는 사람은 감사할 줄 모르는 사람입니다.

– 박노해

오랜 기억 속에 묻혀 있던 시인의 이름을 다시 끄집어낸다. 처음 그의 시 「노동의 새벽」을 읽었을 때의 전율이 오롯이 되살아난다. 그의 시는 그 자체로 경이였고 감탄이었으며, 절망이었고, 부끄러움이었다. 기를 쓰고 한 시대를 살아온 사람, 세상은 달라졌고 그는 또 다른 영적 자양분을 들고 우리 곁에 있다. 그의 산문시 「감동을 위하여」에는 이런 구절이 있다.

"살아 있는 하루하루가 얼마나 고요한 기쁨인지, 얼마나 큰 감사와 은총인지 모릅니다. 하루하루가 감동입니다. 리더십의 핵심은 사람들을 감동시키는 능력입니다. 감동을 잃어버렸다면 감동도 학습하고 노력해야 합니다."

그는 여전히 투사다. 부조리한 세상 권력을 향해 싸우는 투사가 아니라 인간의 메마른 심성을 일깨우는 영혼의 투사!

● ● ●　박노해(朴勞解, 1957~) | 노동운동가 출신 시인. 본명은 박기평. 전남 함평 출생. '노해'라는 이름은 '노동해방'에서 따왔다. 1984년 첫 시집 『노동의 새벽』을 펴냈고 '얼굴 없는 시인'으로 불리며 노동운동에 앞장서다 1991년 사노맹 사건으로 무기 징역을 선고받고 8년 여의 감옥 생활을 했다. 에세이집 『사람만이 희망이다』, 『오늘은 다르게』 등이 있다. 2000년부터 사회적 발언을 금한 채 평화운동가로 활동하고 있다.

동정은 위에서 내려다보는 시선이다.
그러나 공감은 무릎 꿇고 같은 눈높이에서
함께 바라보는 것이다.

– 박경철

| **동정인가 공감인가**

공감이란 상대가 겪는 고통을 나의 고통인 것처럼 느끼는
것이다. 동정은 상대방의 마음에 부끄러움의 흔적을 남기지
만, 공감은 상대의 아픔과 상처를 감싸고 진정시켜 준다. 공감
은 조언도 아니고 격려도 아니고 위로도 아니다. 아무 말도 하
지 않고 들어주는 것이다. 비판하지 않고 상대의 감정을 있는
그대로 이해해 주는 것이다. 그리고 내가 상대방의 감정을 이
해한다는 사실을 적절하게 전달할 때, 공감은 완성된다. 누군
가와 진심으로 연결되고 싶다면 어떤 화려한 선물보다 이런
공감을 선물할 일이다.

● ● ●   박경철(1964~) | 의사이자 칼럼니스트. 영남대 의대 졸업. '시골의사'라는 필명으로
유명하다. 방송인으로 활약했고, 신문과 잡지 등에 글을 기고하고 있다. 안철수와 함께한 '청춘
콘서트' 강연으로 화제를 불러일으키기도 했다. 『시골의사의 아름다운 동행』이란 에세이집을 출
간하여 큰 인기를 얻었다.

나는 하나님과 자연과 사람을 사랑하는 사람이 되련다.
나는 마음껏 자라며, 마음껏 생각하며, 마음껏 일하는 사람이 되련다.
나는 웃는 자와 같이 웃고, 우는 자와 같이 우는 사람이 되련다.
나는 조국과 민족이 나를 기다리고 있음을 잊지 않는다.

– 부산 브니엘고교 교훈

1분 생각 | **더불어 산다는 것**

고등학교를 졸업한 지 30년도 더 지났지만 나는 여태 이보다
더 가슴 뛰게 하는 교훈을 들어본 적이 없다. 특히 세 번째 '웃
는 자와 같이 웃고, 우는 자와 같이 우는 사람이 되련다'는 그중
에서도 백미다. 성경에도 이와 같은 구절이 있다. '즐거워하는
자들과 함께 즐거워하고 우는 자들과 함께 울라.'(로마서 12:15)

브니엘고교는 기독교 미션 스쿨이다. '브니엘Peniel'이란 말
은 '하나님의 얼굴'이라는 뜻이다. 이 좋은 교훈 아래 배우고
익힌 많은 선배, 후배, 그리고 내 친구들. 우린 과연 얼마나 그
때 그 교훈대로 살고 있을까?

• • • 브니엘고등학교 | 부산에 있는 기독교계 사립학교. 1963년 12월 6일 '브니엘실업고등
학교'로 인가를 받아 개교했다. 1967년에 '브니엘종합고등학교'로 변경하였으며, 1974년에 '브
니엘고등학교'로 교명을 변경하였다. 고교 평준화 이후 한때 서울대에 매년 20명 이상을 합격
시킨 신흥 명문고로 각광받았다.

저에게 일어난 모든 일들은 '웃겨서' 시작됐습니다.

– 싸이(Psy), 「강남스타일」 빅 히트 후 언론 인터뷰에서

1분 생각 | **강남스타일**

2012년 여름, 가수 싸이가 부른 「강남스타일」이 전 세계를 강타했다. 뮤직비디오는 유튜브 조회 수 14억 회를 넘어 역대 최고를 기록했고, 그의 말춤은 전 세계인의 놀이가 됐다. 비결은 한마디로 '웃기는' 것이었다. 웃음은 파격에서 나온다. 예측 불허에서 비롯된다. 허를 찔렸을 때 사람은 감동하고 열광한다. 「강남스타일」이 그랬다. 줄곧 'B급 가수'를 주장해 온 싸이는 이 한 곡으로 '국민 가수'를 넘어 '국제 가수'가 됐다. '나도 웃길 수 있을까?' 이 말은 '나도 망가질 수 있을까?'와 같은 말이고, '내 스타일에서 벗어날 수 있을까?'와 일맥상통한다. 인생 역전 만루 홈런 한 방? 싸이의 이 한마디에 답이 있을지도 모르겠다.

● ● ●　**싸이(Psy) |** 본명은 박재상. 가수, 음악 PD. 열정적인 무대 매너와 '나 완전히 새 됐어'와 같은 직설적인 가사로 2001년 데뷔와 동시에 '엽기 가수'로 유명세를 탔다. 대마초 사건과 두 번의 군 입대로 위기를 맞기도 했지만, 오뚝이처럼 다시 일어섰다. 2012년에 발표한 「강남스타일」의 세계적 히트는 그 결정판. '뛰는 놈 위에 나는 놈'이란 노랫말처럼 그는 뛰는 K팝 가수를 넘어 '국제 가수'로 훨훨 날고 있다. 2013년 4월 출시한 신곡 「젠틀맨」도 연이어 화제를 불러 모으고 있다.

진정한 용서란 더 이상 생각조차 하지 않는
행위를 말한다.

– 에스키모 속담

용서는 상대적이다. 용서를 구하는 자가 있고, 용서하는 자가 있어야 용서도 성립된다. 진정한 용서는 가해자가 먼저 잘못을 뉘우치고 사죄하는 데서 시작된다. 가해자가 사과로써 진정한 용서를 구하지 않는다면 아무리 피해자가 용서한다 해도 공허한 용서일 뿐이다. 영화 「밀양」이 그랬다.

성서에서도 말한다. '만일 네 형제가 죄를 범하거든 경고하고, 회개하거든 용서하라. 만일 하루에 일곱 번이라도 네게 죄를 짓고, 일곱 번 네게 돌아와 내가 회개하노라 하거든 너는 용서하라 하시더라.' (누가복음 17:3~4)

● ● ● 에스키모(Eskimo) | 베링 해협에서 알래스카, 캐나다 북부를 거쳐 그린란드에 이르는
북극권에서 생활하는 인종을 말한다. '에스키모'라는 말은 날고기를 먹는 사람들이라는 뜻으로
캐나다 크리 인디언 말에서 유래했다. 에스키모는 몽골계 종족으로 중키에 단단한 체구, 비교적
큰 머리와 넓고 평평한 얼굴을 가지고 있으며, 아메리카 인디언들과는 신체적 특징 면에서 뚜
렷한 차이가 있다. 이누이트(Innuit, 캐나다), 이누피아트(Inupiat, 북알래스카), 유피크(Yupik, 서남알래
스카) 등으로도 불린다.

누구에게나 친구는 어느 누구에게도 친구가 아니다.

– 아리스토텔레스

1분 생각 | 진정한 친구

'만리 길 나서는 길 / 처자를 내맡기며 맘 놓고 갈 만한 사람 / 그
사람을 그대는 가졌는가 / 온 세상이 다 나를 버려 마음이 외로
울 때에도 / '저 맘이야' 하고 믿어지는 / 그 사람을 그대는 가졌
는가……'

함석헌 선생의 「그 사람을 가졌는가」라는 시다. 이 시의 그
사람처럼 진정한 친구는 어떤 친구일까? 언제 어디서 만나도
편하게 대할 수 있는 사람, 좋은 일이든 궂은일이든 가장 먼저
알려 나누고 싶은 사람, 어떤 충고라도 믿음과 고마움으로 받
아들일 수 있는 사람이 진정한 친구가 아닐까 싶다.

● ● ●   아리스토텔레스(Aristoteles, BC 384~BC 322) | 고대 그리스의 철학자. 스승 플라톤의
사상을 계승, 발전시켰을 뿐만 아니라 철학·윤리·논리·정치·문학·과학 등 여러 학문의 기
초를 세워 서양 학문의 방향과 내용에 지대한 영향을 끼쳤다. 『형이상학』, 『시학』, 『수사학』 등
의 저술이 전한다.

우리는 행복해서 웃는 것이 아니라,
웃기 때문에 행복하다.

– 윌리엄 제임스

그래 웃자. 슬퍼도 웃고, 힘들어도 웃고, 괴로워도 웃고, 억지로라도 웃자. 고난 중에도 웃을 수 있는 자는 희망이 있다 하지 않았던가.

즐거워서 웃는 것이 아니라 웃다보면 더 즐거워지는 법. 소문만복래笑門萬福來. 웃으면 복이 와요. 일소일소一笑一小 일로일로一怒一老. 웃음이 보약이라는 말도 있지 않은가.

이런 말도 있다.

'우리는 슬프기 때문에 우는 것이 아니라, 울기 때문에 슬프다. 두렵기 때문에 떨리는 것이 아니라, 떨기 때문에 두려운 것이다.'

● ● ●   윌리엄 제임스(William James, 1842~1910) | 미국의 심리학자, 철학자. 뉴욕 출생. '의식의 흐름(Stream of Consciousness)'이라는 용어를 처음 사용했으며, 빌헬름 분트와 함께 근대 심리학의 창시자로 일컬어진다. 유명한 교육학자 존 듀이와 심리학자 에드워드 손다이크 등이 그의 제자다. '생각을 바꾸면 행동이 바뀌고, 행동을 바꾸면 습관이 바뀌고, 습관을 바꾸면 성격이 바뀌고, 성격을 바꾸면 살아가는 데 어려운 일이 없다.' 이 말도 그가 남긴 명언이다.

어떻게 말하느냐보다
무엇을 말하느냐가 더 중요하다.

– 오길비

광고도 정보다. 정확해야 하고, 진실해야 한다. 대중을 잠
깐은 속일 수 있지만 영원히 속이지는 못한다. 소비자에게 물
건을 사게 하는 것은 광고의 모양이 아니라 내용이다. 광고만
이 아니다. 모든 커뮤니케이션의 기본은 정직한 콘텐츠다. 정
치가의 연설도, 사업가의 프레젠테이션도, 젊은이들의 사랑
고백도, 심지어 신께 드리는 신앙인의 기도까지도 형식이 아
니라 내용이 상대의 마음을 움직인다.

● ● ● 　오길비(David Ogilvy, 1911~1999) | 영국 출생의 광고인. 현대 광고의 아버지로 불린다.
광고 기술보다 광고의 정신을 중시한 사람이다. 1938년 미국으로 이주한 후 1948년 뉴욕에서
'오길비앤드매더'를 설립했고, 1965년에는 매더앤드크로우더를 인수한 뒤 전 세계 100여 개
국에 지사를 둔 다국적 광고그룹으로 키웠다. '시속 60마일 롤스로이스에서 가장 큰 소음은 전
자시계 소리'라는 문구는 그가 1960년을 전후해 히트시킨 대표적인 광고 카피다.

둘이 있을 때 한쪽 말만 듣는 사람은
반쪽 말만 들은 것이다.

– 아이스킬로스

친구가 북한에 다녀왔다. 2012년 10월 평양에서 열린 해외 동포 통일토론회 참석을 위해서였다. 친구가 돌아와 한 말이 바로 이 말이었다. "한쪽 말만 들어선 모른다."

그는 통일시대를 위한 남북의 이해와 공감은 서로가 양쪽 귀를 열어 놓는 것으로부터 시작해야 한다고 목소리를 높였다. 남북 관계만 그럴까? 세상의 모든 관계가 다 그런데도 사람들은 그렇게 하지 못한다. 아니, 하지 않는다. 왜일까? 이쪽 저쪽 애기 다 들어주다가는 회색분자 취급을 받기 십상이어서다. 어느 쪽에서도 제대로 환영받지 못한다는 것을 본능적으로 알고 있기 때문이다.

● ● ● 아이스킬로스(Aeschylos, BC 525~BC 456) | 고대 그리스의 대 비극 시인. 인간과 신의 정의가 일치한다는 것을 노래했다. 「오레스테이아」, 「페르시아인」 등의 작품이 남아 있다.

가장 훌륭한 예절은 타인의 감정을 배려해
표현하는 기술이다.

– 아서 밀러

1분 생각 | **진정한 예절**

엘리자베스 영국 여왕의 일화가 생각난다. 중국 대표단과
의 만찬 자리에서였다. 서양식 식사 매너에 익숙지 않은 중국
의 고위 관리가 손을 씻도록 마련된 핑거 보울에 담긴 물을 마
시는 난감한 상황이 연출되었다. 주변 사람들의 표정이 난감
해졌다. 그 순간 여왕은 자신도 덩달아 핑거 보울의 물을 마셨
다. 황당할 뻔 했던 상황은 이로써 무마되었고, 만찬은 아주
화기애애하게 진행되었다는 얘기다. 자신을 낮추면서도 상대
를 배려하는 마음, 진정한 예절이란 바로 이런 것이 아닐까.

● ● ●   아서 밀러(Arthur Miller, 1915~2005) | 미국 극작가. 테네시 윌리엄스와 함께 20세기
후반의 미국 연극을 대표하는 작가로 꼽힌다. 1947년 「세일즈맨의 죽음」으로 퓰리처상을 수상
하며 국제적인 명성을 얻었다. 이 작품은 2년 동안 742회가 공연되면서 '2차대전 이후 미국 연
극계 최고의 걸작'이라는 평가를 받았다. 1956년 영화배우 마릴린 먼로와의 결혼으로 세상을
놀라게 하였으나 1961년에 이혼했다.

패배 다음으로 크나큰 불행은 승리다.

— 웰링턴

1분 생각 | 진짜 민주주의

지난 18대 대통령선거에서 박근혜 후보가 15,773,128표를 얻어 사상 첫 여성대통령이 됐다. 문재인 후보도 14,692,632 표나 얻었다. 이런 결과를 두고 어떤 신문은 '1,500만의 환호, 1,400만의 멘붕'이라고 제목을 뽑았다.

선거가 끝나면 편을 갈라 싸웠던 사람들은 모두 제자리로 돌아가야 한다. 하지만 선거 기간 내내 서로를 너무 아프게 찌르고 할퀴고 베곤 한다. 양쪽 모두 상처 아물기가 쉽지가 않다. 패배는 불행이지만, 승리 또한 기쁨일 수만은 없는 이유다. 그럼에도 어루만지고 보듬어야 한다. 이긴 쪽은 승리의 축배에 취하기보다 진 자의 상실감과 허탈함을 헤아려야 한다. 진 쪽은 절치부심 와신상담 칼을 갈기보다는 이긴 자의 기쁨에 박수를 쳐 주고 다음을 도모하는 인내를 가져야 한다. 그것이 진짜 민주주의로 가는 길이다.

● ● ● **웰링턴**(Arthur Wellesley Wellington, 1769~1852) | 영국의 군인이자 정치가. 아일랜드 더블린 출생. 엘바 섬에서 탈출한 나폴레옹이 재기를 도모했지만 워털루 전투에서 웰링턴에게 패해 재기가 좌절됐다. 웰링턴은 정치가로 활약하면서 영국 보수당 총리까지 역임했다.

웃어라. 그러면 온 세상이 함께 웃을 것이다.
울어라. 그러면 너 혼자 울게 되리라.

– 윌콕스

1분 생각 | **보약보다 웃음**

비정한 세상, 어떻게든 웃으며 살라는 교훈인가. 하긴 웃어서 손해 볼 것은 없으니까. '웃어서 남 주나'라는 말은 틀렸다. 웃는 사람은 스스로도 즐겁고, 다른 사람까지 행복하게 만드니까.

보약보다 좋다는 웃음. 일주일 내내 웃어보자. 이렇게.

'월요일은 원래 웃는 날. 겸손한 마음으로 호호호. 화요일은 화끈하게 웃는 날. 마음을 비우고 허허허. 수요일은 수수하게 웃는 날. 바다 같이 넓은 마음으로 해해해. 목요일은 목젖이 보이도록 크게 웃는 날. 박장대소하며 하하하. 금요일은 금방 웃고 또 웃는 날. 가볍게 후후후. 토요일은 토실토실 웃는 날. 실없이라도 히히히. 그리고 일요일은 일어나면서부터 웃는 날. 괜히 ㅋㅋㅋ.'

• • • 윌콕스(Ella Wheeler Wilcox, 1850~1919) | 미국의 여류 시인. 「고독(Solitude)」이라는 시가 유명하다. 위의 한마디도 이 시에 나오는 구절로, 2003년 박찬욱 감독의 영화 「올드보이」에 인용돼 유명해진 말이다.

닫을 문이 없을 때는 입을 닫아라.

– 자메이카 속담

입은 화禍의 문이요, 혀는 몸을 베는 칼이다. 그래서 입을 닫고 혀를 깊이 간직하면 평생 탈이 없다고 했다. '남아일언중천금男兒一言重千金'이라는 말도 비단 남자들에게만 해당되는 말은 아닐 것이다. 자고로 늘 입이 문제다. 나라마다 입단속에 관한 속담이 왜 그렇게 많겠는가.

말만 잘 하면 천냥 빚도 갚는다, 말 안하면 귀신도 모른다, 말 많은 집 장맛도 쓰다, 가루는 칠수록 고와지고 말은 할수록 거칠어진다, 쌀은 쏟고 주워도 말은 하고 못 줍는다, 혀 아래 도끼 들었다, 말이 입힌 상처는 칼이 입힌 상처보다 깊다…….

어느 하나도 허투루 들을 수 없는 경구들이다.

• • • **자메이카**(Jamaica) | 쿠바 남쪽에 있는 카리브 해의 섬나라. 자메이카 섬과 케이맨 제도 등의 여러 섬으로 구성되어 있다. 1509년에 스페인령이 되었고, 1670년에 영국령이 되었다가 1962년에 독립했다. 사탕수수, 커피, 바나나 등의 농산물과 보크사이트 같은 광물 자원의 비중이 높다. 주민의 80%가 흑인이고, 주요 언어는 영어이다. 수도는 킹스턴, 면적은 11,580㎢. 우사인 볼트 등 세계적인 육상 선수를 배출한 나라로 유명하다.

물고기와 손님은 사흘이 지나면 냄새가 난다.

– 존 릴리

1분 생각 | **손님**

미국에 살다 보니 곧잘 손님 맞을 일이 생긴다. 한국에서 오고 다른 주에서도 오고, 지나가다가도 들르고, 같은 동네사람 끼리도 쉽게 들락거린다. 사람 사는 집에 사람이 찾아오는 것은 좋은 일이고 당연한 일이다. 하지만 아무리 반가운 손님도 사흘만 지나면 냄새가 난다는 것은 결국 내 식구 아닌 사람이 내 집에 오래 머물면 귀찮고 불편하다는 뜻이 아닐까?

손님 잘 대접하는 것을 최고의 미덕으로 여겼던 우리네 정서로 보면 야박하고 인심 사나운 소리 같지만, 제대로 몇 번 손님을 치러 본 사람이면 누구나 공감하는 말이지 싶다. 그러니 거꾸로 내가 손님이 되어 남의 집을 찾아갈 때 눈치껏 잘 하라는 경고로도 들린다.

● ● ● 존 릴리(John Lyly, 1554~1606) | 영국의 소설가, 극작가. 옥스퍼드 대학과 케임브리지 대학에서 공부한 재주꾼이었다. 화려한 문체의 산문을 많이 썼다. 희극에 산문을 처음 도입함으로써 연극사에서도 중요한 위치를 차지하고 있다.

왕과 동행할 때 마음이 흔들리지 않고,
거지와 같이 있을 때 그를 업신여기지 않는다면
그 사람이 진정한 인격자다.

– 키케로

1분 생각 | **인격자**

인격은 배려와 자신감에 비례한다. 가난하지만 비굴하지
않는 것, 자신의 분수를 지키는 것을 부끄러워하지 않는 것,
필요 없는 허세를 부리지 않는 것이 인격이다. 부유하지만 교
만하지 않는 사람, 절제를 미덕으로 여기는 사람, 어떤 상황에
처하더라도 일관된 자세를 견지하는 사람이 진정한 인격자다.

세상에는 상대에 따라, 상황에 따라 태도나 마음이 달라지
는 사람이 너무나 많다. 그런 사람을 '이중인격자'라고 부른
다. 이중인격도 모자라 다중인격자도 있다. 그런 사람을 우리
는 '정신 장애인'이라 부른다.

● ● ●　키케로(Marcus Tullius Cicero, BC 106~BC 43) | 고대 로마의 정치가, 철학자이고 웅변
가였으며, 수사학의 대가이자 라틴문학의 선구자였다. '유럽 문명의 아버지'로 불리며, 서구 정
신사에 미친 영향력이 예수 다음으로 컸다는 평가를 받는다. 로마 황제 율리우스 카이사르도
"로마의 영토를 넓히는 것보다 키케로처럼 로마의 영혼을 확장하는 게 더 중요하다"고 말했을
정도다. 『국가론』, 『우정에 관하여』 등의 저서를 남겼다.

풍자는 다른 사람의 발을 밟되
소리를 지르지 못하게 하는 기술이다.

— 크발팅어

풍자와 비슷하면서도 많이 다른 것이 해학이다. 풍자가 비판이라면 해학은 익살이다. 풍자가 따끔한 일침이라면 해학은 낙관적인 웃음이다.

풍자란 불합리하고 부조리한 세상을 찌르는 칼날이다. 하지만 어설픈 풍자는 실소만 낳을 뿐이다. 겉으론 웃음이 있되 그 뒤에 날카로운 비판과 조소가 숨어 있어야 제대로 된 풍자다. 발을 밟되 소리를 지르지 못하게 하는 기술. 언론을 비롯한 세상의 모든 비판자, 비평자, 고발자들이 새기고 익혀야 할 가르침이다.

● ● ●   **크발팅어**(Helmut Qualtinger, 1928~1986) | 오스트리아의 작가, 배우, 연출가. 1940년대 유럽의 카바레 연극 무대에서 명성을 날렸으며, 위트와 해학이 넘치는 짧은 명구들을 많이 남겼다. '90%의 사람들에게 삶의 의미는 삶을 연장하는 데 있을 뿐이다', '스트레스는 사람들이 심장에 걸치고 다니는 수갑이다' 등의 명언을 남겼다.

어리석은 자는 용서하지도 잊어버리지도 않는다.
순진한 자는 용서하고 잊어버린다.
현명한 자는 용서하되 잊어버리지는 않는다.

– 토마스 사즈

1분 생각 | **용서**

지난 일은 돌이킬 수 없다. 매달려 봐야 피곤하기만 하다. 그럼에도 평생 그 일에 집착하는 사람들이 있다. 용서하지도 못하고 잊어버리지도 못하는 어리석은 사람들이다.

쉽게 용서하고 쉽게 잊어버리는 사람도 있다. 지혜로운 일이긴 하다. 하지만 순진한 사람들이나 그렇게 한다.

'냄비근성'이라는 말, 이젠 털어 낼 때도 됐다. 그동안 우리는 너무 쉽게 분노하고, 너무 쉽게 잊어버리곤 했다. 하지만 현명해지려면 달라야 한다. 용서하되 잊어버리지는 말아야 한다. 일제의 만행, 6.25전쟁, 5.16 군사정변, 용산 참사와 같은 역사적 사건은 특히 그렇다.

● ● ●　토머스 사즈(Thomas Stephen Szasz, 1920~2012) | 미국의 정신의학자. 헝가리에서 태어나 1938년에 미국으로 건너갔다. 정신병이란 원래는 존재하지 않으며, 다만 사회 통제를 위해 만들어진 것이라고 주장했다. 저서로는 『정신 이상의 신화』, 『비정상성』이 있다.

슬픔을 숨기는 사람은 결코 그것에 대한
해결책을 찾아내지 못한다.

– 터키 속담

1분 생각 | **함께 슬퍼하기**

병은 알려야 낫는다고 했다. 육신의 병만이 아니다. 슬픔이
라는 마음의 병도 마찬가지다. 누군가에게 얘기를 하다 보면
저절로 녹아 없어지는 경우가 많다. 하지만 내 아픔을 드러낸
다는 것이 말처럼 쉬운가.

그럼에도 얘기해야 한다. 어디엔가 나와 함께 아파해 줄 사
람은 있다. 누군가는 치료법을 찾도록 도와줄 준비가 되어 있
다. 문제는 나의 결심이다. 혼자 앓을 것인가, 사방에 외고 다
닐 것인가?

● ● ●　터키(Republic of Turkey) | 아시아 대륙 서쪽 끝에 위치한 나라. 크기는 한반도의 약
3.5배. 인구는 8천만 명에 육박한다. 수도는 앙카라. 하지만 이스탄불이 사회, 문화, 경제의 중
심지다. 그리스, 불가리아, 그루지야, 아르메니아, 이란과 맞닿아 있고, 남쪽으로는 이라크, 시리
아와도 접경을 이루고 있다. 전 국민의 99%가 이슬람교도. 6.25전쟁 때 연합국의 일원으로 참
전했다.

없는 자리에선 나라님 욕도 한다.

– 한국 속담

1분 생각 | **최소한의 예의**

옛날부터 백성들은 가뭄이 들거나 홍수가 나면 나라님 탓이요, 역병이 창궐해도 임금님이 부덕하여 그런 것이라고 여겼다. 그렇게라도 해서 현재의 고통에 대한 위안을 얻으려 했는지도 모른다. 요즘도 그렇다. 툭하면 대통령 욕이다. 상대 당 정치인도, 인터넷 매체도, 일반 대중들도 술자리 안주 씹듯 끊임없이 대통령을 씹어댄다. 대통령의 정책과 통치 방식에 대해 입장이 다를 수는 있다. 비판과 견제도 해야 한다. 그러나 아무리 없는 자리에선 나라님 욕도 한다지만 민주적 절차에 의해 선출된, 한 나라를 대표하는 자리에 대한 최소한의 예의는 있어야 한다. 그것은 대통령 개인에 대한 예의가 아니라 대통령을 뽑은 다수 국민에 대한 예의이기 때문이다.

● ● ●　나라님 | 태정태세 문단세 예성연중 인명선……. 조선시대 나라님들이다. 나라님은 나라의 임자라는 뜻. 나라님이 들어간 또 다른 속담으로 '가난 구제는 나라님도 못한다'는 말이 있다. '나라님도 노인 대접은 한다'는 속담도 있고, '나라님 망건 값도 쓰고 본다'라는 말도 있다. 사람이 급해지면 어떤 돈이든 가리지 아니하고 써버린다는 뜻이다.

좋고 아름다운 것은 보이거나 만져지지 않는다.
다만 가슴으로 느낄 수 있을 뿐이다.

– 헬렌 켈러

눈을 감아야 할 때

때론 눈을 감아야 더 극적일 때가 있다. 키스할 때, 좋은 음악을 들을 때다. 눈을 감아야 더 잘 보이는 것들도 있다. 초등학교 짝꿍의 얼굴, 20년 전 살던 집 벽에 걸린 포스터, 사랑하는 사람과 걸었던 바닷가 풍경……

가슴으로 느낀다는 것은 마음의 눈으로 본다는 것이다. 눈을 감고 꽃을 보자. 아름다운 자태보다 향기를 먼저 느낄 것이다. 눈을 감고 사람을 보자. 그 사람 인상보다 태도를 먼저 느낄 것이다. 정말 소중한 것은 눈을 감아야 더 잘 보이는 법이다.

● ● ●　헬렌 켈러(Helen Adams Keller, 1880~1968) | 미국의 작가 겸 사회사업가. 생후 19개월 되던 때 열병을 앓은 후 시각과 청각을 잃고 벙어리가 되었다. 가정교사 설리번의 도움을 받으며 하버드대 래드클리프 칼리지에 입학하여 우등으로 졸업했다. 이후 맹아, 농아자의 교육과 사회복지 시설 개선에 평생을 바쳤다. 그녀가 53세 때 쓴 수필 「사흘만 볼 수 있다면」은 리더스 다이제스트 선정 20세기 최고의 수필로 유명하다.

식탁은 우리가 서로를 위한
음식이 되기를 원하는 장소다.

– 헨리 나우웬

　내 취미는 좋은 사람들과 밥 먹기다. 무엇보다 그럴 때 나는
행복감을 느낀다. 맛있는 음식, 편안한 분위기, 즐거운 대화만
큼 사람을 기분 좋게 만드는 것은 없기 때문이다.

　미국 생활이 한국과 다른 것 중 하나는 집에 손님을 불러 밥
먹을 기회가 많다는 것이다. 귀찮다고 여기면 절대 못하는 것
이 손님 부르기다. 하지만 그것이 사람 사는 즐거움이요, 생활
의 낙이라면 못할 것도 없다. 고마운 것은 아내가 이런 내 뜻
에 100% 공감해 준다는 것인데, 이 또한 감사할 일이다.

● ● ●　헨리 나우웬(Henri Nouwen, 1932~1996) | 네덜란드 출신의 예수회 신부. 영성가. 예일
대 교수로 재직했으며, 페루의 빈민가에서 사역한 후 다시 하버드대에서 학생들을 가르쳤다.
1986년부터는 정신지체 장애인 공동체에 들어가 죽을 때까지 장애인들과 생활하면서 헌신했
다. 『상처 입은 치유자』 등 영적 삶에 관한 40여 권의 책을 썼다.

성공
success

꿈과 목표를
이루고 싶다면

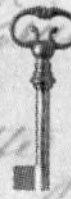

모든 재능은 시간의 시험을 거쳐야 완성된다.

– 박범신

성공의 비결은
평범한 일을 평범하지 않게 하는 것이다.
– 록펠러

1분 생각 | 평범함에서 벗어나기

　평범한 것을 평범하지 않게. 사랑도, 연애도, 공부도, 사업
도, 그리고 일상생활도. 간단하면서도 간단하지 않은 성공의
비밀이다. 하지만 사람들은 대부분 거꾸로 한다. 평범하지 않
은 것도 평범하게 만드는 기막힌 재주들을 가졌다.

　세계 최고 부자였던 록펠러는 어땠을까? 그는 자신이 평범
하지 않게 살 수 있었던 비결을 독실한 크리스천이었던 어머
니의 가르침을 잘 따른 결과였다고 회고했다. 그중 몇 가지를
소개하면 이렇다.

　'하나님을 잘 섬겨라. 십일조를 잘 드려라. 아침에 눈을 뜨
면 목표를 세우고 기도하라. 원수를 만들지 말라. 최선을 다해
남을 도와라.'

● ● ●　록펠러(John Davison Rockefeller, 1893~1937) | '석유왕'으로 불린 미국 기업인, 자선
사업가. 미국 역사상 최고의 부자로 꼽힌다. 정유 사업으로 큰돈을 모았고, 이후 광산, 산림, 철
도, 은행 등에 투자하여 거대 자본을 축적했다. 시카고 대학과 록펠러 재단을 설립하였으며, 그
외에도 병원·교회·학교 등을 대상으로 자선 사업을 실천했다. 일반 교육재단, 록펠러의학연
구소 등을 설립하여 의학 연구 분야 후원 사업에도 큰 족적을 남겼다.

무엇을 하건 전심전력을 다하라. 어떤 일을 하건
어중간한 태도는 기쁨을 가져오지 못한다.

– 라즈니쉬

세상은 넓고 직업은 많다. 당신이 생각하는 직업 선택의 기준은 무엇인가? 나는 다음 세 가지라고 생각한다.

첫째는 적성이다. 내가 얼마나 그 일을 좋아하느냐다.

둘째는 사회적 평판이다. 세상에 기여하지 못하는 직업은 아무리 열심히 해도 재미가 없다.

셋째는 충분한 보상이다. 당연히 많을수록 좋다.

이 세 가지가 모두 충족된 일을 하는 사람은 정말 행복한 사람이다. 하지 말라고 말려도 전심전력할 수밖에 없다. 그러나 현실에서는 하나만 맞아도 나쁘진 않다. 좋아하지도 않는 일을 돈도 벌지 못하면서 억지로 하고 있는 사람도 얼마든지 있기 때문이다.

● ● ● 라즈니쉬(Osho Bhagwan Shree Rajneesh, 1931~1990) | 인도의 철학자. 인도 사가르 대학을 수석으로 졸업한 뒤 자발푸르 대학에서 9년간 철학 교수로 재직했다. 그 사이 인도 전역을 돌아다니며 동서양의 경전 및 성자들의 가르침을 텍스트로 삼아 강론을 펼쳤다. 1960년대 후반 특유의 '다이내믹 명상법'을 개발 세계적인 명성을 얻었다.

인생은 결코 공평하지 않다. 이 사실에 익숙해져라.

– 빌 게이츠

세계 최고 갑부 빌 게이츠가 캘리포니아 주의 마운트휘트니 고등학교 졸업식에서 연설을 했다. 그가 들려준 인생 충고를 한 살이라도 더 젊을 때 깨달을 수만 있다면 우리의 인생도 허투루 지나가지는 않을 것이다.

"네 인생을 네가 망치고 있으면서 부모 탓을 하지 마라." "학교에서는 승자와 패자를 뚜렷이 가리지 않을지 모른다. 그러나 사회 현실은 이와 다르다는 것을 명심하라." "인생은 학기처럼 구분되어 있지도 않고, 여름방학이란 것은 아예 있지도 않다. 네가 스스로 알아서 하지 않으면 직장에서는 가르쳐 주지 않는다." "공부밖에 할 줄 모르는 '바보'에게 잘 보여라. 사회에 나온 다음에는 아마 그 '바보' 밑에서 일하게 될지 모른다."

● ● ●　빌 게이츠(Bill Gates, 1955~) | 미국 기업인, 자선사업가. 하버드 대학 재학 중 폴 앨런과 함께 마이크로소프트 사를 공동 창업했다. 1995년에 '윈도 95'를 출시하여 PC 운영 체제의 획기적 전환을 가져왔고, PC의 급속한 확산과 더불어 세계 컴퓨터 시장의 주도권을 장악하면서 엄청난 부를 쌓았다. 2008년 은퇴한 뒤 자선 활동에 전념하고 있다.

인간은 재주가 없어서라기보다는
목적이 없어서 실패한다.

– 빌리 선데이

목적은 가고자 하는 방향이고, 이루고자 하는 꿈이다. 무작정 한 번 길을 나서 보라. 여기 기웃, 저기 기웃 방황만 할 뿐이다. 목표 없는 삶도 마찬가지다. 목표는 집중할 수 있도록 해 준다. 어떤 어려움 속에서도 인내할 수 있게 만든다. 그리고 끝내 성취의 기쁨을 맛볼 수 있게 해 준다.

어느 날 문득 '난 참 바보처럼 살았군요'라고 한탄하지 않으려면 끊임없이 자문해 봐야 한다. 실패 없는 삶을 위해서라면 수시로 물어야 한다. '나는 왜 공부하는가? 나는 왜 돈을 버는가? 나는 왜 사는가?'라고.

● ● ● 빌리 선데이(Billy Sunday, 1862~1935) | 미국의 부흥사. 본명은 윌리엄 애슐리 선데이(William Ashley Sunday). 시카고의 유명 프로야구 선수였지만 1886년에 회심해 복음 전도자가 됐다. 약 40년 동안 수백만 청중을 대상으로 200회가 넘는 대형 부흥 전도 집회를 가졌으며, 100만 명 이상의 사람들이 그의 설교를 듣고 크리스천이 되었다고 한다.

모든 재능은 시간의 시험을 거쳐야 완성된다.

– 박범신

박범신은 1980~1990년대를 풍미한 대중 작가였다. 그의 창작열은 나이 60이 넘어서도 꺼질 줄 몰랐다. 미려한 문체, 송곳 같은 필력에 독자들은 열광했다. 하지만 그의 글은 하루아침에 이뤄지지 않았다. 눈물겨운 습작의 과정을 거쳤고, 명성을 얻은 뒤에도 끊임없이 갈고 닦았다. 그는 이렇게 고백했다.

"지금의 내 스타일로 갖고 있는 나의 문체는 데뷔 전의 습작기 때까지 합쳐서 거의 반세기 만에 완성된 것이다."

1만 시간의 법칙이 있다. 어떤 분야든지 전문가 반열에 올라서려면 1만 시간은 투자해야 한다는 것이다. 나는 과연 어느 곳에든 1만 시간을 공들여 본 적이 있던가. 재능 부족을 탓하기 전에 먼저 노력 부족을 탓해야 할 것 같다.

● ● ●   박범신(朴範信, 1946~) | 소설가. 충남 논산 출생. 원광대 국문학과와 고려대 교육대학원을 졸업했다. 1973년 중앙일보 신춘문예에 단편소설 「여름의 잔해」가 당선되면서 등단했다. 『죽음보다 깊은 잠』, 『풀잎처럼 눕다』, 『불의 나라』, 『물의 나라』 등 20여 권의 장편소설을 출간했다. 2012년 존재의 내밀한 욕망과 그 근원을 들여다본 장편소설 『은교』가 영화로 만들어지면서 화제가 되기도 했다. 동리문학상, 만해문학상 등을 받았다.

실력이 있어야 행운도 따라온다.

– 반기문

인생을 바꿀만한 기회는 누구에게나 평생 세 번은 온다고 한다. 하지만 그것을 붙잡는 사람은 많지 않다. 기회를 알아보는 것 자체가 실력이기 때문이다. 자신의 꿈을 이루기 위해 간절한 마음으로 열정을 불사르는 사람에게만 찾아오는 것이 또한 기회이기 때문이다.

다 좋았는데 운이 나빴다는 사람. 십중팔구는 노력이 부족했거나 실력이 모자랐기 때문일 것이다. 누군가의 성공을 운이 좋아서 그랬을 것이라고 말하는 이가 '운도 실력'이라는 인생의 진짜 비밀을 알 리가 없다.

● ● ●   반기문(潘基文, 1944~) | 유엔 사무총장. 충북 음성 출생. 서울대 외교학과를 거쳐 외무고시에 합격해 외교관의 길을 걷기 시작했으며, 2004년에 외교통상부 장관이 되었다. 2007년 제8대 유엔 사무총장이 되었고, 연임에 성공했다. 대한민국 학생들이 닮고 싶어 하는 인물 1위로 꼽힌다.

실수는 성공적인 삶을 위해
반드시 치러야 할 비용이다.

– 소피아 로렌

1분 생각 | **실수와 실패**

누구나 실수한다. 원숭이도 나무에서 떨어질 때가 있고, 토끼도 잠들어 거북에게 질 수가 있다. 하지만 실수가 실패는 아니다. 농구 황제 마이클 조던은 이렇게 말했다.

"나는 선수 시절에 9천 번 이상의 슛을 놓쳤고, 경기에서 3백 번이나 졌다. 경기를 승리로 이끌라는 특명을 받고도 실패한 적이 부지기수였다."

그럼에도 조던은 불세출의 스타가 됐다. 비결은 똑같은 실수를 반복하지 않았기 때문이다. 고로 실수에서 배워야 한다. 그러지 못하면 사소한 한 번의 실수가 영원한 실패로 이어질 수도 있다.

● ● ●   소피아 로렌(Sophia Loren, 1934~) | 이탈리아 출신의 영화배우. 1956년 이후 할리우드 영화에도 출연했다. 전성기의 그녀는 인공적인 손질이나 외국의 화려함에 오염되지 않은 소박한 자연미로 이탈리아뿐만 아니라 전 세계인의 사랑을 받았다. 대표작으로 「하녀(河女)」, 「열쇠」 등이 있고, 아카데미 여우주연상을 받은 「두 여인」, 「해바라기」 등이 있다.

가장 위대한 업적은 '왜' 라고 묻는 호기심에서 탄생한다.

– 스티븐 스필버그

20세기 최고의 영화감독 스티븐 스필버그의 성공 열쇠는 상상력과 호기심, 그리고 도전정신이었다. 그의 영화 「E.T.」를 처음 봤을 때의 감동을 지금도 잊지 못한다. 환상과 모험, 미지에 대한 호기심으로 가득 차 있던 그것은 상상의 신세계였고, 화면의 신기술이었으며, 정말 그럴까 싶은 신기루였다.

호기심을 어린 아이들만의 전유물이라고 생각하지는 말자. 학문에 대한 호기심, 일에 대한 호기심, 이성에 대한 호기심, 새로운 화젯거리에 대한 호기심 등 나이가 들어서도 가질 수 있는 호기심도 얼마든지 있다. 젊음을 지키는 최대의 보약도 호기심이라고 했다.

● ● ● 　스티븐 스필버그(Steven Spielberg, 1946~) | 미국 영화감독 겸 제작자. 1975년에 식인 상어와의 혈투를 그린 「죠스」로 세계적인 명성을 얻었다. 「E.T.」 「쥐라기 공원」 외에 1994년 「쉰들러 리스트」로 아카데미 작품상, 감독상, 남우주연상 등 7개 부문의 상을 수상했다. 1998년에 「라이언 일병 구하기」로, 2012년 「링컨」으로 다시 명성을 확인했다. 유대인인 그는 이스라엘 구호 성금, 동성애 결혼 지지 성금은 물론 영화 관련 학과로 유명한 남가주대학(USC)에도 거액을 기부하는 등 자선가로도 유명하다.

보스는 '가라!' 라고 말하지만,
리더는 '가자!' 라고 말한다.

– 셀프리지

보스라고 하면 남성적인 힘과 권위가 느껴진다. 반면 리더는 여성적인 섬세함과 자상함이 묻어난다. 백전불굴의 전쟁터라면 보스가 필요할 지도 모르겠다. 하지만 현대 조직에 필요한 것은 리더다. 100여 년 전 영국 런던에 세계 제일의 백화점을 세웠던 사람 셀프리지의 성공 비결은 바로 이 한마디였다. 그는 또 이렇게 말한다.

"보스는 직원들을 몰아치지만, 리더는 그들을 인도한다. 보스는 권위에 의존하지만, 리더는 친절에 의존한다. 보스는 공포를 불어넣지만, 리더는 격려하고 용기를 불어넣는다. 보스는 '나'라고 말하지만, 리더는 '우리'라고 말한다."

● ● ●   셀프리지(Harry Gordon Selfridge) | 영국의 백화점 사업가. 미국에서 태어나 시카고의 마셜필드 백화점에서 일했다. 이후 영국으로 건너가 1909년 런던에 당대 최고의 랜드마크가 된 셀프리지 백화점을 설립했다. 이 백화점은 설립 100년이 지난 지금도 각계 전문가들에 의해 세계 최고의 백화점으로 여러 차례 선정되고 있다.

하늘은 스스로 돕는 자를 돕는다.

– 새뮤얼 스마일스

'Heaven helps those who help themselves.' 중학교 때 가장 먼저 외웠던 영어 명언이 바로 이것이었다. 그러나 이 명언의 우리말 번역이야말로 한글 오역의 원조라고 주장하는 사람이 있다. 영어 달인 '조화유'라는 분이 그렇다. 정확한 번역은 '하늘은 스스로 노력하는 자를 돕는다'라고 그는 주장한다. 'help oneself'는 '스스로 돕는다'가 아니라 '자기 스스로 무엇을 한다'는 뜻이기 때문이란다.

아무렴 어떠랴. 자기 운명은 자기 스스로 개척해 나가기 나름이라는 걸 모르는 사람은 없을 터이니 말이다. '진인사 대천명盡人事 待天命'이라 했다. 최선을 다한 뒤에 결과를 기다리는 것이 우리가 할 일이다.

● ● ●　새뮤얼 스마일스(Samuel Smiles, 1812~1904) | 영국의 저술가. 스코틀랜드 출생. 에든버러 대학교를 졸업하고 수년간 외과 의사로 일했다. 대표작 『자조론(自助論)』을 통해 자기 자신에 대한 진실과 성실성이 결국 누구에게나 통한다는 신념을 일깨웠다. '기회가 찾아오지 않는다면 스스로 기회를 만들어라.' 이 말도 그의 명언이다.

나는 미래가 어떻게 펼쳐질지는 모르지만
누가 그 미래를 결정하는 것인지는 안다.

– 오프라 윈프리

| **인생 10계명**

　오프라의 과거는 암울했다. 사생아로 태어나 아홉 살 때 사
촌에게 성폭행을 당하고, 마약에 빠지는 등 최악의 어린 시절
을 보냈다. 하지만 지금은 전 세계인의 사랑을 받는 토크쇼의
여왕으로, 거대 기업의 총수로 성장했다. 오프라의 성공 비결
은 그녀가 지금까지 지켜 온 자신만의 인생 10계명이다.

　1. 호감을 얻으려 애쓰지 말라. 2. 앞으로 나아가기 위해 외적인
것에 의존하지 말라. 3. 일과 삶이 최대한 조화를 이루도록 노력
하라. 4. 험담하는 사람을 멀리 하라. 5. 친절하게 행동하라. 6.
중독된 것들을 끊어라. 7. 나에게 버금가는, 혹은 나보다 나은 사
람들로 주위를 채워라. 8. 돈 때문에 하는 일이 아니라면 돈 생각
은 아예 잊어라. 9. 나의 권한을 남에게 넘겨주지 말라. 10. 포기
하지 말라.

● ● ●　오프라 윈프리(Oprah Winfrey, 1954~) | 미국의 방송인. 토크쇼의 여왕. 영화배우이자
모델로, 매년 10억 달러 이상을 버는 사업가로도 명성을 쌓았다. 미국을 움직이는 또 하나의 힘
이자 막강한 브랜드. 시사 주간지 「타임」에서 선정한 '20세기 인물'에 포함되기도 했다.

남과 같이 해서는 절대로 남 이상 될 수 없다.

– 이병철

가히 자본주의 사회의 최고 명언이라 할 만하다. 하지만 무섭다. 저 치열한 경쟁의식. 어떻게든 남을 이겨야 산다는 살벌한 승부 근성. 최고가 아니면 용납하지 않는다는 일류정신. 오늘날 세계를 호령하는 삼성 DNA의 뿌리가 여기에 있었는가 싶다.

그래, 열심히 해야지. 남만큼 해서는 절대로 앞설 수 없지. 남 쉴 때도 하고, 남이 할 때는 더 하고. 그래야 남다르게 될 수 있지. 그런데 그 다음에는 뭘 하지? 문득 고집쟁이 농사꾼 전우익 선생의 일갈이 떠오른다.

"더불어 잘 살아야지. 혼자만 잘 살믄 무슨 재민겨?"

● ● ●   **이병철**(李秉喆, 1910~1987) | 삼성그룹 창업주. 호는 호암(湖巖). 경상남도 의령 출생. '사업보국', '인재제일', '합리추구'라는 특유의 경영 이념으로 세계 초일류 기업 삼성의 기초를 닦았다. 1936년 마산에서 협동정미소를 세워 사업에 투신한 후, 1938년 삼성의 모체인 삼성상회를 설립했다. 이후 1950년대 들어 삼성물산, 제일제당, 제일모직을 차례로 설립하여 큰 성공을 거두었다. 1969년에 삼성전자를 설립했고, 1974년에는 삼성석유화학과 삼성중공업을, 1982년에는 삼성반도체통신을 설립하였다. 이밖에도 문화재단, 장학회 등을 세웠고, 백화점과 호텔 등의 경영에도 참여하는 등 사업 다각화를 통한 국가 경제 발전에 기여했다.

좋아하는 일을 하라.
평생을 해도 즐거운 일이 있다면, 그것이 성공이다.

– 이원복

좋아하는 일, 잘할 수 있는 일

많이 아는 사람이 좋아하는 사람을 못 이기고, 좋아하는 사람이 즐기는 사람을 못 당한다(知之者 不如好之者, 好之者 不如樂之者). 『논어』에 나오는 말이다.

사람이 평생 즐거운 일만 하며 산다면 얼마나 좋으랴. 하지만 세상은 그렇게 호락호락하지가 않다. 즐거운 일만 찾다 보면 굶어 죽기 딱 알맞다는 사람도 있다. 그러니 좋아하는 일을 하는 것도 좋지만, 그보다는 잘할 수 있는 일을 하는 것도 중요하다. 세상일이란 대개 잘만 하면 금세 좋아지기도 하는 법이니까.

● ● ●　이원복(李元馥, 1946~) | 만화가. 덕성여대 교수. 서울대 건축학과를 나와 독일에서 10년을 공부했다. 1984년 귀국 후 대학 강단에 서는 한편 『먼나라 이웃나라』를 시작으로 역사, 문화, 경제, 철학에 이르기까지 다양한 영역을 만화로 풀어쓰고 있다. 『21세기 먼나라 이웃나라』, 『와인의 세계』, 『세계의 와인』 등의 작품이 있다.

'넘버원'의 베스트가 아니라,
'온리원'의 독창성에 미래를 걸어야 한다.

– 이어령

사람은 누구나 최고가 되고 싶어 한다. 하지만 '넘버원Number one'의 자리는 오직 하나다. 그런데 오직 하나를 뜻하는 '온리원 Only one'은 오히려 거꾸로다. 누구나 이를 수 있고, 다른 그 누구와도 경쟁하지 않아도 된다.

넘버원이 되기 위해서는 수천, 수만의 사람을 밟고 서야 한다. 하지만 온리원이 되기 위해서는 자신에 대한 자긍심을 가지고 남이 못하는 자기 일만 해나가면 된다. 온리원이 되면 넘버원은 저절로 따라온다.

● ● ●　이어령(李御寧, 1934~) | 문학평론가, 언론인, 교수, 초대 문화부장관. 충남 아산 출생. 서울대에서 국문과 학사와 석사, 단국대에서 박사 학위를 받았다. 문학평론가로 등단했지만 희곡, 소설, 수필 등 거의 모든 영역을 섭렵했다. 1972년 「문학사상」을 창간해 한국의 대표적 문학잡지로 키워냈고, 1988년 서울올림픽의 개 · 폐회식을 세계적인 문화 이벤트로 만든 문화 기획자로도 활동했다. 2007년 세례를 받고 기독교에 귀의해 큰 화제가 됐다. 그의 책 『지성에서 영성으로』는 종교에 귀의하기까지의 과정을 밝힌 베스트셀러다. 그는 이런 말도 했다. "과학은 설명할 수 있는 것을 설명하는 것이다. 예술은 설명할 수 없는 것을 설명하는 것이다. 그렇지만 종교는 설명해서는 안 되는 것을 설명하는 것이다."

봄은 부르지 않아도 온다.
그러나 봄이 왔는지도 모르는 사람에게는
봄이 찾아오지 않는다.

– 『정관정요』

1분 생각 | **노력이 기회를 만날 때**

기회는 누구에게나 온다. 하지만 준비된 자만이 그 기회를 붙들 수 있다. 「강남스타일」로 세계적 스타가 된 가수 싸이는 "당신 참 운이 좋은 것 같다"라고 묻는 기자의 말에 이렇게 답했다고 한다. "노력이 기회를 만나면 운이 된다."

바로 이것이다. 운도 노력하며 맞을 준비가 된 사람에게만 찾아온다는 것. 봄은 왔지만 도무지 봄 같지가 않다며 '춘래불 사춘春來不似春' 타령만 하는 사람에겐 영원히 봄이 오지 않는다.

● ● ● 『정관정요(政觀政要)』| 중국 당나라 태종이 신하들과 정치적인 문제에 관해 주고받은 대화를 모아 엮은 책. 당나라 현종 때 오긍(吳兢, 670~749)이 저자다. 제왕학과 인간학의 보물창고로서 중국은 물론 한국과 일본의 왕실이나 귀족 가문에서 널리 애독되어 왔다. 요즘은 리더십 교재로도 인기가 높다. 당나라 태종 이세민은 중국 역사상 가장 뛰어난 군주 중의 한 사람으로 고대 문물제도를 완비해 태평성대의 기반을 구축했다. 그의 치세를 '정관의 치(貞觀之治)'라 부른다.

성공에 이르지 못하는 두 부류의 사람이 있다.
하나는 시키는 대로 하지 못하는 사람이고,
또 하나는 시키는 것밖에 하지 못하는 사람이다.

– 커티스

1분 생각 | 세 부류의 사람

사람을 써 보면 안다. 시키는 것도 제대로 못하는 사람이 의
외로 많다. 그러다 보니 시키는 것이라도 제대로 하면 예쁘고
고맙다. 그런데 시키는 것 이상으로 하는 사람이 있다. 기대를
뛰어 넘는 사람이다. 당연히 눈에 띄고 중용할 수밖에 없다.

어떤 조직이든 세 부류의 사람이 있다. 있으나마나 한 사
람, 있어서는 안 될 사람, 꼭 있어야 하는 사람. 대부분은 있어
도 그만 없어도 그만이다. 그래도 그들은 자기 밥값은 한다.
밥값은커녕 차라리 없는 게 나은 사람도 있다. 하지만 꼭 있어
야만 하는 사람도 열에 한두 명은 있다. 조직을 이끌고 발전시
키는 것은 그런 사람들이다. 나는 어느 쪽일까.

●●● **커티스**(Cyrus H. Curtis, 1850~1933) | 미국의 언론 사업가. 일찍이 중학생 때 수동식
인쇄기를 사서 4쪽 짜리 주간지를 펴냈다. 이후 신문, 출판 사업에 잇따라 진출해 큰 성공을 거
두었다. 1890년에 커티스출판사를 세웠고, 1897년 발행 부수 2,000부의 16쪽 짜리 주간지
「Saturday Evening Post」를 인수해 5년 만에 50만 부 이상을 발행하는 잡지로 키웠다. 이 잡
지는 100년도 더 전인 1909년에 100만 부, 그가 세상을 떠날 무렵에는 270만 부를 발행했다.

성공을 준비하는 자는 늘 도서관을 끼고 다닌다.

– 템플턴

도서관에 묻혀 산다고 다 우등생이 되는 것은 아니다. 얼마나 오래 공부하느냐가 아니라 무엇을 어떻게 공부하느냐가 더 중요하다는 말이다. 사람은 저마다 꿈꾸는 목표가 있다. 돈이든 명예든 사랑이든, 취업이든. 그리고 그 목표를 이루는 것이 진정한 성공이다. 하지만 자신의 목표가 무엇인지 잘 모르는 사람도 의외로 많다.

템플턴은 일깨운다. 목표를 이루고자 한다면 공부를 하라고. 책을 읽든, 신문을 보든, 인터넷을 뒤지든, 스마트폰을 두드리든 그 속에서 제대로 뭔가를 뽑아내 보라고. 그것이 곧 도서관이니까.

● ● ● 템플턴(John Templeton, 1912~2008) | 미국의 금융인, 투자 전문가. '월스트리트의 살아 있는 전설', '영적인 투자가' 등으로 불리었다. 프린스턴 신학교 이사와 학장을 역임하였고, 1972년에는 종교계의 노벨상으로 불리는 '템플턴상(賞)'을 제정했다. 한국의 한경직 목사가 수상했던 바로 그 상이다.

봄

중, 고등학교 때였습니다. 그 시절 대부분의 학생들이 그랬
듯 저도 입시 공부에 매달렸습니다. 국어, 수학, 역사, 지리,
생물, 화학, 음악, 미술……. 지내 놓고 보니 그때 그렇게라도
하지 않았으면 어떡할 뻔 했나 싶습니다. 수박겉핥기일 망정
그나마 그렇게라도 공부한 덕분에 완전 무식은 면했다는 생각
이 들어서입니다. 하지만 좀 더 보고, 좀 더 읽고, 좀 더 생각
할 수 있었더라면 하는 아쉬움은 여전합니다.

'젊음은 쉽게 가고 배움은 이루기 어려우니(少年易老學難成소
년이로학난성), 어느 한 순간이라도 가벼이 흘려보내지 말라(一寸
光陰不可輕일촌광음불가경)'는 경구가 얼마나 매서운 질책이었는
지 그때는 정말 몰랐습니다.

여름

'가슴은 뜨겁게, 머리는 차갑게.' 20대를 넘어 30대 초반까

지도 이 말을 금과옥조로 여기며 살았습니다. 사랑도 우정도, 열정도 낭만도 마음만 먹으면 언제든 내 것이 될 수 있으리라 자신했습니다. 하지만 그 또한 허탄한 꿈이었습니다. 무엇인가를 얻기 위해서는 모든 것을 걸어야 한다는 것 역시 그때는 몰랐던 것이지요.

'젊음은 다시 오는 일 없고(盛年不重來성년부중래), 하루에 두 번 새벽은 없는 법(一日難再晨일일난재신), 때를 놓치지 말고 부지런히 힘쓸지니(及時當勉勵급시당면려), 세월은 사람을 기다려 주지 않느니라(歲月不待人세월부대인)'고 했는데, 미처 그 의미를 깨닫기도 전에 눈부신 날은 다 가고 말았습니다.

가을

그래도 열심히는 걸었습니다. 앞만 보고 쉬지 않고 뛰었습니다. 때론 성취와 환호의 순간도 있었습니다. 하지만 좌절과 실망의 날들이 언제나 더 많았던 것 같습니다. 세월이 가면 누구나 어른이 되고, 누구나 현명해지는 줄 알았지만 그런 것도 아니었습니다. 나이를 먹어 가도 여유와는 거리가 멀었고, 미련과 집착에서 여전히 벗어나지 못했으니까요.

옛 성현은 일깨웠습니다. '연못가 봄풀이 미처 푸르기도 전에(未覺池塘春草夢미각지당춘초몽), 뜰 앞 오동잎은 벌써 가을을 알린다(階前梧葉已秋聲계전오엽이추성)'라고요. 세월은 이렇게 쏜 살같이 달아나는데 여전히 하릴없는 헛발질만 하고 있다는 생각이 자꾸만 드는 것은 저만의 느낌일까요.

그리고 겨울…

'100세 시대'라고들 합니다. 저마다 장수의 기쁨을 꿈꾸며 행복한 노후를 이야기합니다. 하지만 인생의 겨울은 생각보다 혹독하고 길지 모릅니다. 봄, 여름, 가을 계절마다 열심히 씨 뿌리고, 가꾸고, 거두기를 게을리 해선 안 될 까닭입니다.

누구에게나 겨울은 닥쳐옵니다. 싫다고 뿌리칠 수도, 아직 은 아니라고 거부할 수도 없습니다. 이 엄숙한 명제 앞에서 생 각합니다. 불현듯 다가올 인생의 겨울을 대비해 나는 지금 무 엇을 하고 있는지, 무슨 준비를 하고 있는지 말입니다.

그래도 저는 '뭔가를 새로 시작하기에 너무 늦은 때는 결코 없다'는 말을 아직도 믿습니다. 책을 마무리 하면서 저의 심 중에 끝까지 남은 한마디도 이것이었습니다. 여러분은 어떠 셨나요?

지은이

나를 일으켜 세운 한마디

2013년 5월 1일 초판 1쇄 발행

지은이 | 이종호

펴낸이 | 김우연, 계명훈
마케팅 | 함송이, 강소연
디자인 | 김낙현

펴낸곳 | for book
주　소 | 서울시 마포구 공덕동 105-219 정화빌딩 3층
문　의 | 02-752-2700(에디터)
인　쇄 | 미래프린팅

출판 등록 | 2005년 8월 5일 제2-4209호
값 | 13,800원
ISBN : 987-89-93418-57-6 (03810)